魔剣技師バッカス

――神剣を目指す転生者は、喰って呑んで造って過ごす――

"BACCHUS"
Blacksmith of Magic Sword

1

北乃ゆうひ

［イラスト］―― ニシカワエイト

Saga Forest

空腹はスパイスと言うけれど、限度がある

トントン……

　トントン……

何かが断続的に叩かれる音が周囲に響く。

少年にはそれが何かが分からず、戸惑うままに周囲を見渡す。

日が落ち、暗い森の中。

どうしてこんなところまで来てしまったのか。

そのことに後悔しながらも、来てしまった事実は覆らない。

トントン……

　トントン……

その音は、次第に近づいてきているようだ。

少年は緊張で早鐘をうつ心臓に急かされるように、忙しなく周囲を見渡し続ける。

トントン……

　トントン……

そして、その音の主が目の前に現れる。

木叩きの鬼魔《ドウーワ・クコンク》と呼ばれる魔獣だ。小型の亜人系魔獣で、森などの木の多い場所で、木を叩きながら

歩く。

その音の響き方で獲物の位置を探っていると言われていて、実際――こうして少年の前に姿を見せた。

トントン……

トントン……

すぐそばの木をノック《ククコンク》しながら、こちらへと向けた顔をニタリと歪ませる。

人型ではあるが、明らかに人ではないシルエット。

見た目は肌色だが、よく見ればそういう色の鱗で全身を覆われているだけだ。

トカゲを思わせるが、彼らのように顔が長細いわけではなく、形だけなら人間のそれとよく似た頭部。

自分と同じくらいの背丈。体躯《たいく》に見合わぬ巨大な左腕を地面に引きずるようにしている。その左腕の先――指は四本。指先の爪はどれも草刈り鎌のように凶悪だ。

トントン……

トントン……

木叩きの鬼魔《ドゥーワ・ククコンク》は木を叩くのをやめることなく、近づいてくる。

少年は逃げられないことを悟り腹を括ると、右手を掲げて、その掌を木叩きの鬼魔《ドゥーワ・ククコンク》へと向けると、左手を添えた。

少年は魔術士と呼ばれる人間だ。まだ見習いではあるが。

魔力《カラー》と呼ばれる力を用い、呪文と呼ばれる言葉を紡ぐことで、自然法則から逸脱した現象を引き起こすことができる。

だが、練習のように上手くいかなかった。

魔力《カラー》を上手く操れない。望んだ呪文が言葉にならない。

この瞬間に少年が感じている恐怖と緊張は、練習を重ね身につけたいつも通りの手順を放棄させるには十分だった。

トントン……

トントン……

もうどうにもならない——少年がそう感じた瞬間、木叩きの鬼魔《ドゥーワ・クコンク》が笑みを深める。

来る——ッ！

九年という歳月の中で、味わったことのない恐怖と緊張が膨れ上がる。

木叩きの鬼魔《ドゥーワ・クコンク》が地面を蹴った。

大きな左腕を空中で振り上げる。

自分は——あの腕に引き裂かれる。あるいは叩き潰される。

そうなれば、あとはグチャグチャにされ、あいつの餌となる。

そんな未来がありありと浮かぶ。

避けようのない絶望。

トントン……

トントン……

すでに木叩きの鬼魔《ドゥーワ・クコンク》は木を叩いていないというのに、耳の奥にノックの音が残っているようだ。

最後に記憶に残ったものが、木叩きの鬼魔《ドゥーワ・クコンク》のノック音というのは、なんとつまらない終焉だ。少年は絶望の中で、そんなことを思う。

そんな時だ――

　トントン……

　　トントン……

耳朶《じだ》に残るノックの音を上回る轟音が響き、それがどこからともなく現れた。

「……剣？」

装飾は少なくシンプルながら、洗練された意匠。仄かに赤い輝きを放っているのは、この剣の持ち主の魔力《カラー》が乗っているからだろう。

「無事か。人の子よ」

続けて現れたのは、巨人――いや巨人だと思わず言ってしまいそうな長身の男だった。

少年の感覚でいえば、二メートルよりも高いだろう。

そして、彼は地面に刺さった剣を引き抜いた。

その時に、少年はまた驚くべきことに気がついた。

　トントン……

　　トントン……

剣の刀身は、その持ち主よりも長いのだ。だとすれば、素材が何であれ重量は途方もないだろう。

だというのに、彼は何事もなくその剣を引き抜いて、背中に背負う。

見事な剣だと思った。

直感的に、それが魔剣だと気づいた。

見事な魔導具だと思った。

自分もいつか、こんな魔剣を創りたいと思った。

「あの……その魔剣……」

「これか？　魔剣ではないぞ。これを人の言葉で言い表すのならば――」

「え？」

「これは――」

トントン……

トントン……

ああ――もう。ずっと響き続けるノックの音が本当に耳障りだ……。

「それは……？」

「これは、お前たち人が、神剣と呼ぶもの。その銘は――」

「銘は……？」

男の口が動く。

銘を言っているのだろう。

だが、なにを言っているのか分からない。聞き取れない。

音が遠のく。

世界が歪む。

男も森も、自分も、そして周囲の風景までもが消えていき――


…………………

…………

………

…


トントン――という玄関のドアをノックする音が、部屋の中に響く。

執拗に何度も繰り返されるそのノックによって、部屋の中でそれが動きはじめた。

「う……ん……夢……？」

もぞり……と、部屋の片隅にあるベッドの上で一人の男が目を覚ます。

短く刈られているが、手入れはあまりされてなさそうなボサっとした黒髪に無精ヒゲのその男は、カーテンの隙間から差し込む明かりに目を細める。

睨むように細まるその双眸は、どこか血を思わせる暗赤色だった。

「何時だ……今？」

裸の上半身の上に巻き付けていた、薄っぺらい掛け布団を放り投げながら、周囲を見渡す。

「おーい、バッカスッ!?　いないのかーッ!?」

「んー……この声、ライルか……？」

はっきりしない意識を吹き飛ばすように、頭を振ってベッドから降りる。

ドンドンと次第に激しくなっていくノックに対して、バッカスは寝起き特有の枯れた喉から無理矢理大声を吐き出した。

「ちょっと待ってろ、今起きたッ！」

「おうッ！　居たかッ！　急ぎで頼みたいコトがあるんだッ！」

「ああ、聞いてやる。聞いてやるから、ちょっと待っててくれ」

ずっと部屋をノックし続けているくらいだ。

ライルにとって、大事な案件なのかもしれない。

「身支度ぐらいはさせてくれるだろ？」

「それは構わないが、メシは諦めてくれ」

玄関の向こうから聞こえてくる知人の声に、バッカスは誰ともなく肩を竦めた。

洗面台へと向かい、蛇口に付いている魔宝石に手をかざす。

青の魔宝石がうっすらと輝くと、その蛇口から水が出始める。

両手でその冷たい水を受け止め、顔を洗えばようやく頭の芯がすっきりしていくようだ。

何度か顔に水を掛け、さらにうがいを終えたあと、再び蛇口の魔宝石に手をかざし、水を止める。

洗面台に掛けてあったタオルで顔をふき、そのままタオルを洗濯カゴの中へと放り投げた。

身体を起こして洗面台の鏡を見れば、そこには細身ながら全身にかなりの筋肉がついた中肉中背の男の姿が映っている。

ボサついた髪をどうしようかと前髪を摘《つま》むが、整えるのが面倒くさいと判断すると、そのままでいいやと踵を返した。

ベッドのある部屋まで戻り、寝間着代わりに履いていた砂色のズボンをベッドの上と投げ捨て、代わりに黒い革のズボンを手に取った。

黒いシャツに袖を通し、黒地に赤いラインの入った上着を羽織る。

スネとつま先に鉄板の仕込まれた編み上げブーツを履き、自らが信奉する神のシンボルを象《かたど》った首飾りを身につけた。

「今日もまた、我が主神ド・ラズラードが持ちし剣に至る助言が、得られる日となりますように」

首飾りを軽く撫でながら祈りの言葉を口にする。

「おいッ、まだかバッカスッ！」

「うるせぇッ！　今、ド・ラズラードに朝の祈祷をしてたところだッ！」

「今、主神に挨拶をするなら昼の祈祷だ。それだって遅いくらいだけどな」

「……まじかよ」

てっきり遅く起きた朝だと思っていたのだが、どうやら昼を過ぎているらしい。

「メシ喰いたいんだけど」

「こっちの用が終わってから好きなだけ喰えばいいだろ」

「……まじかよ」

ぐったりと呻きながらも、遅くまで寝ていた自分が悪いと言い聞かせ、バッカスはゆっくりと玄関の扉を開けた。

「それで、ライル。何の用だ？」

「おう。実はちょっと面倒な魔獣の目撃情報が入ってな」

厳つい顔に短い金髪が乗った友人ライル・スカイヤークの顔を見ながら、バッカスが訊ねると、彼は困ったように後ろ頭を掻いた。

「一応、俺は魔術士で、魔導工学者で、魔導具職人で、本職は魔剣技師なんだがね」

玄関から外に出ながらそう告げる。

「分かってるよ」

嘆息するようなライルの言葉を聞きながら、バッカスは玄関のドアを締めて鍵を掛ける。

「お前ンとこの何でも屋《ショルディナー》たちに任せておけばいいだろ。魔獣退治なんて。なぁ？　ギルドマスター」

「そうなんだが――今はベテラン勢がたまたま少なくてな」

「将来有望なルーキーは？」

「居るには居るが、今回の件を任せるには不安だ」

人とすれ違うのが難しい幅の狭い廊下を歩き、階段を降りながら、バッカスはうんざりとした気分を隠さず嘆息する。

「ガキが一人……すでに被害が出ている」

だが、嘆息した直後にライルが発した言葉でバッカスの表情が引き締まった。

「被害者が出たから慌ててるわけか」

「そういうコトだ。気づいたのも、被害が出てからだ」

「もしかしなくても、本来この辺りにはあまりいない魔獣か？」

「ああ、そうだ」

「子供が被害に遭いやすいやつか」

「その通りだ」

「……嫌な偶然もあったもんだな」

皮肉げに口の端を釣り上げ、バッカスがその赤い双眸をギラつかせる。

「偶然？」

「ああ。お前がドアを叩きまくるせいで、ガキの時の出来事を夢に見た。森の中で魔獣に襲われる奴だ」

「もしかして……」

ライルはそれで気づいたらしい。

バッカスが過去に襲われた魔獣の正体に。

「そういうコトだ。木叩きの鬼魔《ドゥーワ・クコンク》だろ？　今回の騒動の犯人は」

確信をもってそう告げ、バッカスは振り返る。

ライルは階段も残り二段といったところで足を止めてこちらを見下ろしながら、その翡翠色の目を瞬《しばた》かせた。

「違うけど？」

「えー……」

何はともあれ、魔剣技師バッカス・ノーンベイズの今日という一日が、何とも締まらない調子で始まりを告げたのは間違いなかった。


「あー……酒呑みたい……。あと肉」

二階にあった居住区から一階の工房に降りてきたバッカスは、そんなことを独りごちながら、自分の作った剣を入れてあるケースを物色する。

「お前、昨晩は鍛冶工房の連中としこたま呑んでただろ」

「そうだよ。おかげで午前中に起きれなかった」

鞘はなく、抜き身のまま傘立てのようなもの中へ無造作に放り込まれた剣のうち、持ち手に青の魔宝石を用いたものを手にした。

「二日酔いとかないのか？」

「今生においては生まれてこの方、味わったコトないな」

それから、別の傘立ての中に無造作に差し込まれた鞘を見る。

青属性の魔剣の鞘に相応しいものを掴み、そこへ剣を納めた。

「どういう言い回しだよ。大袈裟な。そして二日酔いがないとか羨ましい」

「実は俺、人生の二周目を楽しんでるところなんだよな……って言ったら信じる?」

バッカスが作り出す剣のうち、今漁っている場所に置いてあるモノは、刀身の形が常に一定のモノだ。

それに合わせて鞘も作っているので、この辺りにある剣と鞘はどんな組み合わせでも一応は納まるようになっている。

もっとも、剣と鞘の属性相性というものもあるので、そこは気にしないといけないのだが。

「あり得ないな。もし本当に人生二周目なら、こんな昼行灯みたいな生活してないだろ。オレなら真面目に生きるね」

「結構、真面目に生きてるつもりなんだがなぁ」

「言ってろよ」

実は本当に人生二度目なのだが、友人は信じてくれないらしい。

前世はここことは異なる世界の日本という国で暮らしていた。オタク向けグッズショップの店員だったが、何の因果か生まれ変わってこの世界だ。

生まれた時から、前世の記憶ってやつと付き合って生きている。

「えーっと、剣のホルスターはと……」

青の魔剣と、愛用の片刃剣――こちらはふつうの剣だ――をホルスターに納めると、ズボンのベルトにひっかける。

ホルスターのベルトを腰に対してたすき掛けするように斜めに巻き付けた。

「武装よし、と」

「相変わらず魔剣に傾倒してるんだな、お前は」

「そうだよ。いつか神剣と同等の魔剣を作るのが俺のガキの頃からの夢さ」

周囲を見渡しながら言ってくるライルに、バッカスは面倒くさそうに答えながら、棚から革の手袋を取り出した。

「そのわりには、武器とは関係ない魔導具を色々開発してるみたいだけど」

「研究を続けるにも金が必要なんだよ。だから何でも屋《ショルディナー》として魔獣退治も手伝ってやってるだろ」

「そういうの目指す奴って、神剣作るのに傾倒した情熱の人って印象あるけどよ。お前は違うよな？」

「神剣を作る為に神剣だけにこだわる奴は二流だよ。アレは生涯を賭けて作るもんじゃなくて、生涯で得た全てを注ぎ込んで作るモンだ……ってのが俺の持論な」

「なるほど、それで昼行灯してるのか。暇人だな」

「人聞きが悪いコト言うなよ。俺は暇も含めて人生を全力で楽しんでるんだよ」

剣の準備を終えたバッカスは、ライルに言い返しながら、手首と肘のちょうど中間くらいまで覆うフィンガーレスの手袋を付ける。

さらに左腕には手袋の上から銀色に輝く魔宝石のついた腕輪を付けた。

「その魔導具の腕輪。量産できねぇのか？」

「バカ言え。神剣と同様に神の奇跡の具現した品、神具《アーティファクト》だぞ。今現在の人間の技術じゃ再現不可能だ」

「そりゃ残念」

バッカスの答えに、ライルは大袈裟に肩を竦める。

「モノを収納できる腕輪……便利だと思うんだがなぁ」

「大昔はふつうに使われてたんだろうな。この大陸じゃあ、それなりの数が発掘されるらしいぜ？」

「それを貴族と商人たちが独占してんだろ？　コネでもなきゃ手に入らん」

「なんだ、分かってるじゃねぇか」

そう嘯《うそぶ》きながら、バッカスは必要な小物をいくつか物色し、身に付けたり腕輪に収納したりした。

「準備よし、と」

「急かして悪いな」

「いいさ。餓鬼喰い鼠《パンディック・タロ》が出たなら、焦るのも分かる」

餓鬼喰い鼠《パンディック・タロ》は、巨大なネズミの魔獣だ。その名の通り、人間の子供なら容易にその頬袋へとしまい込めるほどの体躯を持つ。

基本的には森の外へは出てこないのだが、一度人間の味を覚えると、人里へとおりてくるため、発見されると同時に討伐対象になる魔獣である。

「巣穴の場所は分かってるのか？」

「エメダーマの森の中腹だ。地図も持ってきてある」

手渡された地図に軽く目を通し、バッカスは一つうなずく。

「ここなら場所は分かる……ってか、こんな場所に出たのか」

エメダーマの森は、この街に住む様々な職人たちが材料の採取に利用することの多い森だ。

当然、バッカスも利用している。

逆に言えば、普段あまり危険のない森に、危険な魔獣が現れた。

そのことこそが、緊急の案件であると言えるだろう。

「被害が出たのが昨日なのに、なんでここまで情報がまとまってるんだ？」

「友達がさらわれたと駆け込んできた女の子がいてな。その子の報告だよ」

「優秀だな。もっとも、トラウマにならなきゃいいが……さらわれたのはいつだ？」

「昨晩だな。採取に夢中で日が暮れちまったんだと」

「エメダーマはそれでも危険は少ないはずなんだがなぁ……」

だが、事実——餓鬼喰い鼠《パンディック・タロ》が出現し、子供を一人さらっていったという。

「ま、ともかく行ってくる。報告はギルドでいいんだよな？」

「おう。悪いが頼む」

そうしてバッカスは工房を出て行こうとして、ライルへと振り返る。

「一応、言っておくが、俺は魔剣技師だからな？」

「さっきも言ってたな。知ってるよ」

「魔剣士でもなければ魔剣使いでもない。魔剣を作る魔剣技師だ」

「わかってるよしつこいな。さっさと行ってくれッ！」

「何でも屋《ショルディナー》は副業なんだ。こういう時以外は、指定依頼を受ける気はねぇって念押ししてるだけだよ」

言うだけ言って気が済んだバッカスは、今度こそ工房を後にするのだった。


エメダーマの森。中腹。

「地図と依頼書から思うに、遭遇場所はこの辺りのはずなんだが」

バッカスは独りごちながらしゃがみ込んで、地面を調べる。

軽く草をどかして見れば、陰には大きな足跡がある。

「なるほど。勘違いでもなく、マジみたいだな」

バッカスのどこかぼんやりとしていた眼差しが、鋭く細まった。

足跡を視線で追いかけていくと、敢《あ》えて草の多い場所を移動しているように見える。

餓鬼喰い鼠《パンディック・タロ》は非常に狡猾で、臆病だ。

だから、可能な限り足跡を隠そうとするし、姿を隠しやすい夜に行動することが多い。

さらに言えば、その名前の通り自分が勝てる——一口で頬袋にしまい込める相手しか襲わない。

そして、捕らえた獲物は巣へと持ち帰り、時間を置いてから食べる。正しくは空腹ギリギリまで食べないという習性を持つ。

「急げば間に合う……だったら良いんだが」

小さく嘆息しながら、バッカスは立ち上がる。

それから、振り返って背後の茂みを睨みながら告げた。

「帰れ。余計な餌はいらん」

しばらく茂みを睨んでいたが、そこにいるだろう存在が動く気配はない。

多少なりとも、こういう時の心得はあるようだが——

「警告はした。お前が誘拐《パンド》されても俺は助けない。ついてくるつもりなら覚悟はしておけ。もっと言うなら、迂闊《うかつ》なことをされて、餓鬼喰い鼠《パンディック・タロ》の警戒が強くなられると厄介だ。お前の存在は邪魔でしかない。とっとと帰れ」

恐らくは友達を餓鬼喰い鼠《パンディック・タロ》に誘拐されたという少女だろう。

ライルの話を聞く限り、餓鬼喰い鼠《パンディック・タロ》の出現、友人の誘拐の状況から、及第点の行動をとったそうだ。

実際、バッカスも彼女の行動は評価に値すると思っている。

また友達と採取をしていた――ということから、魔術学校に通う魔術士見習いといったところなのだろう。

自分の能力を過信しすぎることなく、見たことのないだろう魔獣相手に冷静な判断をとってみせた。

とはいえ、やはり友達が心配なのだろう。

気持ちは分かるが、餓鬼喰い鼠《パンディック・タロ》の警戒が強まると、痕跡を探し出すのが困難になる。

そうなれば、餓鬼喰い鼠《パンディック・タロ》に誘拐された友達の生存率が著しく落ちるのだ。

「自惚れや傲《おご》りは肝心なものを見えなくする。それが理解できないワケじゃないと思うが――分からなかったのであれば、そこは俺の評価ミスかもな」

わざと聞こえるような声で独りごちてから、バッカスは動きだす。

ここまで言って後をつけてくるようならば知ったことではない。

「さて、とっとと片づけて帰りますかね。俺が餓鬼喰い鼠《パンディック・タロ》ならもう獲物に食いついている頃合いだしな」

足跡を追いかけながら、自分の腹を撫でてバッカスはうめく。

昼まで寝ていた上に、何も口に入れる間もなく外に出てきたのだ。

「水筒の果実水くらいじゃ、腹の足しにならんなぁ……」

この空腹を満たすのに必要なのは水分ではない。

脂だ。味の濃い料理だ。肉がいい。その肉の脂で炒めた野菜もあるともっといい。そいつを食らって酒で流し込みたい。

「いかん、考えたら腹が減ってきた……」

背後からは気配がついてきている。

面倒くさいが、何かあった時はあれを守ってやった方がいいだろう。

自分を追ってくる少女の気配を注意深く探りつつ、餓鬼喰い鼠《パンディック・タロ》の痕跡も注意深く追いかけていく。

正直、神経のすり減る作業だが、やってやれないことはない。

(仕事が終われば肉と酒。仕事が終われば肉と酒)

そう。こうやって自己暗示をかけることで、まるでこの仕事が素晴らしいものであるかのように感じてくるという寸法だ。

ややして、バッカスは動きを止める。

ここへ来て、やたらと足跡が増えた。

これは餓鬼喰い鼠《パンディック・タロ》が、自らの巣を隠すためにやっていることだ。

逆に言うと、この近くに巣穴がある可能性が高い。

(餓鬼喰い鼠《パンディック・タロ》の巣穴――か)

(この辺りで、あいつらが巣にしそうなのは、森の壁くらいか)

この森は途中で巨大な段差が待ち受けている。

三メートルの高さはあろう垂直の崖の上に、また森が広がっているのだ。その森を進むとまた三メートルほどの崖があり、その崖の上に森が……という風に段々になっている。

どうしてそういう形なのかは判明していないが、ともかく――その崖のことを、近隣の住民たちは森の壁と呼んでいた。

（あの鼠じゃあ、森の壁は登れない。なら、巣穴の場所は一番下、一枚目の壁）

壁が見える場所まで来てから、バッカスはそこで立ち止まり、様子を伺う。

（壁は横にも広い。壁沿いに進んでいけば餓鬼喰い鼠《パンディック・タロ》に警戒されるだろうからな……）

未だについてきている少女の気配に、余計なマネはしませんように――と胸中で祈り、ゆっくりと壁に平行して動く。

（見つけた）

見慣れない穴が、森の壁に空いている。

目算で天井がバッカスと同じくらいの高さに見えた。

（おいおい、あのサイズの巣穴を作るって、餓鬼どころか大人も余裕で誘拐できそうじゃねぇか……）

そんなサイズの餓鬼喰い鼠《パンディック・タロ》が大人の人間を恐れなくなってしまった場合、近隣にどれだけの被害が出るかがわからない。

青い魔宝石のついた魔剣に手を添えながら、バッカスは巣穴を睨む。

多少音を立てれば、巣穴から顔を出すハズだ。

だがそこに人間の声が混ざれば警戒する。

魔術は原則的に呪文を口にしなければ発動しない。それを考えると、魔術を使うのはこの場にそぐわない。

だからこそ、この魔剣の出番だ。

水を吐き出す魔剣として作ったのだが、想定よりも出力が高すぎた失敗作だ。それでも魔宝石に与える魔力《カラー》を繊細に調整すれば、今欲しい量の水くらいは出る。

魔剣を抜き放ち、左手で青い魔宝石に触れる。

刀身が青い光を纏《まと》うのを確認してから、バッカスは巣穴に向かって剣を横一文字に振るった。

すると、バケツを横に振るった時のような放射状に、大量の水が噴射される。

びっしゃーという派手な音を立てて、地面にまき散らされると、その部分だけ局地的な大雨でも降ったのではないかと思うほど水浸しとなった。

その音を聞いて、案の定餓鬼喰い鼠《パンディック・タロ》が巣穴から顔を出した。

それは、地球で言うところのジャンガリアンハムスターによく似た魔獣だ。もっとも、そのサイズは人間を余裕で頬袋にしまえるほど巨大であるが。

そしてサイズ以上にハムスターと違うのは、その顔が凶悪で、まったくもって可愛くないところだろう。

とはいえ、あの毛並みのモフモフ感は、顔をうずめてみたくはある。

(完全に身体が外に出てきたら勝負だな……)

様子を見ながら、バッカスは赤の魔力《カラー》を練り上げる。

そして周辺に漂う魔力《カラー》と、自分の練り上げた魔力《カラー》を結びつけて、一つの帯のように織り上げていく。

常人の目には見えないその魔力帯《キャンバス》に、魔術士にしか認識できない術式と、それを行使するに必要な神の名前、そしてその神への祈りを、思念とイメージで書き上げていく。

術式を書き上げた魔力帯《キャンバス》で、巣穴周辺を囲むと、あとはいつでも発動の為の呪文を口にできるように準備する。

ややして、身体を完全に外へと出した餓鬼喰い鼠《パンディック・タロ》が後ろ足だけで立ち上がり、鼻をヒクヒクさせながら周囲を見渡しはじめた。

（余裕で二メートル越えしてやがるな、全長……）

想定以上の大きさに若干ビビりつつ、バッカスは覚悟を決めて茂みから飛び出す。

「氷銀の魚よ、雪山を泳げッ！」

そのまま魔力帯《キャンバス》に織り込んだ魔力《カラー》を起動させる。

そして、周囲の事象を一時的に書き換える為、発動の弾鉄となる呪文を叫ぶのだった。

●○●○●

跡を付けているのはとっくに気づかれていたらしく、警告を受けた。

それでも、彼女――ルナサ・シークグリッッサは可能な限り息を殺し、警告にも反応せず、ただ愚直にそいつの後を追い続けた。

そいつは、友達をさらった魔獣は、警戒心が強く迂闊なことをされて警戒されると厄介だと言っていた。

そんなことを知らなかったので、素直にその言葉を受け入れた上で、そいつを追いかける。

彼女は自分でも分かっていた。

そいつの邪魔をしてしまえば、友達を救える可能性が下がることを。

正直に言って、そいつのことは以前から知っていて、さらに言えばそいつ人間性が大嫌いだった。

だが、何でも屋《ショルディナーズ》ギルドの偉そうな人がわざわざ声を掛けたことを考えれば、そいつが一番の適任だったんだろうというのは分かる。

実際、誘拐を行った魔獣の正体も性質も知っているようだった。

そいつの邪魔はしない。

大嫌いだからという理由で邪魔をする理由はない。

そもそも、友人の生死が賭かってる。

でも、そいつを信用しきれない。

だから、邪魔にならないように見届けたい。

自分のやっている行動そのものが、そいつの足枷になっているというのを理解しながらも、彼女はそいつの追跡をやめられなかった。

そして、ついにそいつが動く。

森の壁に向けて、なにやら剣を振るうと、壁に空いた穴の前が水浸しになる。

「魔剣……」

使い手も作り手もあまり多くないと聞いていたそれを、そいつは苦もなく振るってみせた。

魔術士ならば、同じようなことを魔術で出来るはずだが、それをしない理由はなんなのだろうか。

そう思っていると、友人を誘拐した鼠の魔獣が穴から顔を出した。

生き物の中には、周囲に投射された魔力帯《キャンバス》に対して敏感に反応するものがいると聞いたことがある。

もしかしたら、あの鼠はその類なのだろうか――

などと彼女が考えているうちに、そいつは周辺に織り上げた魔力帯《キャンバス》を広げ、術式を投射しはじめた。

それに鼠が反応していないところを見ると、彼女の推測は間違っていたようだ。

とはいえ――

(なんて複雑な術式なの……)

投射された魔術帯に織り込まれた術式を読み解く訓練は、魔術士にとっては必須とされる。

その為、本来は使用する術者しか見えない魔力帯《キャンバス》と術式を、魔術士は視る訓練をし、読み解く力を身につけるのだ。

それは見習いである彼女も例外ではない。

だからこそ――彼女はその術式に絶句する。

自分が学校で習っているような術式など足下にも及ばないような複雑な内容でありながら、広範囲に投射された術式。

辛うじて、赤の神と、その眷属である山の子神、氷雪の子神の三柱に関する記述があるというのが理解できた程度だ。

そして、タイミングを見計らっていたらしいそいつは――

「氷銀の魚よ、雪山を泳げッ！」

茂みから飛び出しながら、練り上げた魔力《カラー》を魔力帯《キャンバス》に描かれた術式に流し込み、起動の為の呪文を叫んだ。

瞬間――そいつの周囲に氷の魚が複数匹現れて、軽く飛び上がると地面へ向けてダイブする。

ぶつかった場所が凍結し、氷筍《ひょうじゅん》が生える。

鼠の魔獣は慌てて巣穴に戻ろうとするものの、入り口が半分ほど凍り付いていて、中に入れない。

それならば――と、巣穴を捨てて逃げようとするも、周囲に生み出された逆さ氷柱が完全に鼠の退路を塞いでいた。

「すごい……」

絶妙に制御された魔術だ。

不規則にあちこちを凍結させる似たような術なら、使える魔術士は少なからずいるだろう。

だけど、そいつの使った魔術は桁が違う。

等間隔で氷柱を作り出すことさえ難しいのに、それだけでなく鼠の魔獣が逃げられないギリギリの隙間を作りだし檻を形成している。

逃げられないと悟ったらしい鼠の魔獣は、威嚇するように唸りながら、そいつと向き合った。

そいつは、気楽な調子で水の魔剣をもう一度抜き放つ。

「とっとと終わらせようぜ」

言うやいなや、鋭い斬撃を繰り出した。

そいつは、これだけの魔術を使えるハズなのに剣を使う。

この期に及んで、余裕ぶりたいのだろうか。あるいは、こちらに何かを見せつけたいのかもしれない。

友人の命が賭かっているのに、余裕を見せつけるような戦い方をする。

だから彼女は、そいつのことが嫌いなのだ。

力を持っているくせに、正しく力を使ってくれないのだから――

●○●○●

（んー……討伐証明は尻尾だったよな、こいつ……）

キチンと報酬をもらうのであれば、尻尾を切り落として持って行く必要がある。

ましてや、規格外のサイズの餓鬼喰い鼠《パンディック・タロ》だ。

尻尾を持って証明すれば、追加報酬も期待できる。

（あと、毛皮も好事家には人気だったよな）

可能な限り綺麗なまま持ち帰れれば、酒代と研究資金がさらに増えることだろう。

（それと、魔宝石は心臓の近く……）

鼠系の魔獣の多くは、黒の魔宝石を持っていることが多い。

黒の魔宝石は、この近郊で採取が難しいので、ありがたく頂戴したいところである。

（骨の髄まで美味しく頂くなら、魔術で倒しちゃダメだな）

ならば、ここはまず剣で行くしかないだろう。

シャーと威嚇するように唸り声を出す餓鬼喰い鼠《パンディック・タロ》を見ながら、バッカスは気楽な調子で魔剣を抜く。

水を生み出すことがメインの魔剣ではあるが、別に刀身が飾りというわけではない。ちゃんとした鍛冶師に作ってもらった一級品の剣でもあるのだ。

何より、一番の愛剣をわざわざ抜く必要のない相手でもある。

「とっとと終わらせようぜ」

そして、そう告げるなり、バッカスは鋭い踏み込みから斬り上げを放つ。

鼻先を掠めるように放たれたそれに、餓鬼喰い鼠《パンディック・タロ》は驚いたように身を竦める。

思ってた以上に臆病なリアクションを取った鼠に一瞬だけ戸惑ったが、やることは変わらないと、バッカスはさらに踏み込む。

だが、それを餓鬼喰い鼠《パンディック・タロ》は狙っていたようだ。

ビビったフリをして、こちらを懐まで潜り込ませる――なるほど、何がしたいのかはともかく、誘いとしては悪くない。

そこから何らかの反撃をしたいのか、鼠が動き出す。

もっとも――

「無駄だ」

先ほどよりも疾《はや》く鋭く踏み込み、餓鬼喰い鼠《パンディック・タロ》の横へ移動すると、その首へ向けて剣を振り下ろした。

サイズ的に首を切り落とすことはできなかったが、半ばまで切り裂かれた餓鬼喰い鼠《パンディック・タロ》は、その場で倒れ伏す。

流れ出る血をよけながら、バッカスは正面に回ると、今度はその眉間に剣を突き立てる。

「念には念をってな」

首の時点で致命傷だとは思うものの、狡猾で、戦闘に誘いを混ぜてくるような相手だ。このくらいはしておくべきだろう。

それから少しだけ様子を伺い、完全に絶命したのを確認してから、バッカスは左腕に付けた腕輪を右手で撫でた。

腕輪に付いた銀色の魔宝石が輝くのを確認してから、その魔宝石で餓鬼喰い鼠《パンディック・タロ》の死体に触れる。

すると、その魔獣の死体は光に包まれたあと、腕輪の中へと吸い込まれていった。

「尻尾は帰ってから切ればいいか」

切る前に収納してしまったことに気づいたが、それは脇に寄せることにする。

それから青の魔力《カラー》を練り、意識の中で魔力帯《キャンバス》を織る。続けて、術式を描く。

投射した術式には、幻影の子神を中心に消去と除去を意味する内容が刻みこんだ。

それらを、周囲の逆さ氷柱をすべて包むように展開し、青の魔力《カラー》を流し込みながら、呪文を告げる。

「極彩色の蜥蜴《トカゲ》よ、友の嘘を暴け」

瞬間。

氷筍が一斉に砕け散り、氷の欠片――ではなく、氷を構成していた魔力《カラー》へと戻って、霧散していく。

「そこの隠れてる奴。そろそろ出てこい。お前の友達が無事だった場合、パニックを起こしてる可能性がある。見知らぬ俺より、お前が声を掛けた方がいいはずだ」

もっとも、喰われて骨だけになってた場合は、茂みから出てきた少女がパニックを起こすだろうが。

その場合は気絶させて連れ帰るだけだ。

「あの……」

「付いてきたコトはマイナスだが、身の程をわきまえジッとしてた点はプラスだ。理由も考えず俺のやり方に口出ししてくるようなマネをしなかったのも良い。冷静に街へ戻ってきて何でも屋《ショルディナー》のギルドへ駆け込んだ点も悪くない。報告の内容もな。魔術士見習いとしても、駆け出しの何でも屋《ショルディナー》にしても、優秀な行動だ。そこの評価はしてやる」

彼女が何かを言う前に、バッカスは一方的にそう告げると、巣穴に向かって歩き始める。

「行くぞ。遅れずに来い」

そうして、少女は無事に誘拐された友人と再会する。


その横で――

「うおッ!? コロゲ鳥じゃねーかッ！ こんなのも誘拐してたのかあの鼠ッ！ コロゲ鳥のモモは唐揚げにすると旨いんだよなぁ……こっちの蛇は――これ、川泳ぎの大蛇《レビル・アオボ》か！ こいつはスープに入れると良いダシが出て最高なんだ……」

レアな生き物や、美味しい食材などが、麻酔毒で寝ているようだ。

それらを丁寧に捌《さば》き、血抜きをして全て腕輪の中へと収納していく。

この森には、元々餓鬼喰い鼠《パンデイック・タロ》は生息していない。そして天敵もいなかったのだろう。

だから、安全に餌を捕獲し、確実に食事を得ていた。

サイズが大きくなったのは、そういう背景もあるのだろう。

「ちょっとッ！　友達が衰弱してるんだけどッ！」

「ただ衰弱してるだけだろ。麻酔毒の影響が抜けきってないんなら、安静させとけばいい。体調が悪そうなら、治癒蜜飴《ポーション・ドロップ》でも口の中に入れとけ。こいつらの回収が終わったら俺が背負っててやるからもうちょっと待て」

「ほんとッ、こいつ大嫌いッ……」

眦《まなじり》を吊り上げる少女にそう言い放ち、バッカスは巣穴に放置された生き物の回収に勤《いそ》しむ。

背後で少女が犬歯を剥いて呻くのも無視して、バッカスは巣穴のお宝の物色を続けるのだった。


「疲れた……」

バッカスは自宅の前に到着するなり、ぐったりと呻く。

さらわれていた子は麻酔毒の影響でしばらく動けないことを除けば、特に問題はなかった。

キャンキャンうるさい少女と一緒に何でも屋ギルド《ショルデイナーズ》まで連れて行き、ライルに報告をして仕事は終わりだ。

そのあと、ギルドの解体場で餓鬼喰い鼠《パンデイック・タロ》の解体と査定を依頼。金と素材の受け取りは明日以降に来ると約束した。

諸々が終わって帰路に付く頃には、すでに日が暮れている。

ようやく工房兼自宅まで帰ってきた。

まずは工房に立ち寄り、持ち出していたモノを戻す。それから工房側面の階段を登って、ようやくの帰宅というわけだ。

「唐揚げ食いたかったけど、そんなもん作る余力はないな」

昼過ぎに起きて、あとはほぼ飲まず喰わずの救出依頼。

無事に終わったのは何よりだが、疲労と空腹がだいぶひどい。

そうなると、揚げ物は面倒だ。準備もそうだし、片づけも。

とはいえ、鼠が巣穴に隠していたコロゲ鳥は使いたい。

唐揚げは無理だと分かっていても、そういう気分になってしまっている――というか口の中が鶏肉を待ちわびている。

空腹はスパイスと言うけれど、さすがに限度というものがある。空腹が過ぎると料理する気力すら減退してよろしくない。

「どうすっかな」

独りごちながら、着ていたジャケットを脱いでベッドの上に放り投げた。

とりあえず、バッカスはキッチンに向かう。

自分で料理したいこともあって、この部屋にはわざわざ魔導工学の最新技術を使ったキッチンを設置した上で、自分用にあれこれ改良してある。

さらには冷蔵庫も自作した。これは設計図を商業ギルドへと登録してあるので、どっかの職人たちが量産していることだろう。

まだまだ貴族や金持ちの商人向けの価格ではあるものの、市場に出回り始めているので、いずれ珍しいものではなくなるはずだ。

「モヤシもどきと、ピーマンもどきと……キャベツもどき。これでいいか」

さらに言えば、野菜なども――見た目はともかく――味は地球のものと似たようなものが多いため、前世の記憶を使った料理などをしやすいというのもありがたい。

形と味が一致しないモノや、地球にはなかったモノも多々あるのだが、それはそれで楽しんでいる。

つまるところ、昼間にバッカスが口にし、ライルが冗談だと流していた話――バッカスが二度目の人生を送っているというのは嘘ではなく、彼は日本人男性の記憶を持った上で、この世界で生活していた。

言ったところで信じてもらえない話なので、持ちネタの冗談の一つ……みたいな扱いではあるのだが。

「さてと」

何を作るかはだいたい決まった。

あとはささっと作るだけだ。

まず手に取ったキャベツに似た味の野菜。松の葉のような形のこれは、水で洗うだけ。

ピーマンに似た野菜《レブ・レペップ》は縦に細切り。

用意した野菜と、もやしに似た野菜をスキレットに敷き詰める。

次に腕輪の中に収納しておいたコロゲ鶏を取り出して、モモの一枚肉を切り出す。

フライパンを用意して、コンロの上に置く。

コンロの魔宝石に魔力《カラー》を通して火をつけて、温まったフライパンへとストルマ油を少量入れた。

ストルマの実という木の実から絞った油――ストルマ油はこの世界ではポピュラーな食用油で、オリーブオイルのようにさらりとクセのない味のものだ。

地球の焦げ防止力の高いフライパンならいざしらず、この世界のフライパンはわりと焦げ付きやすい。だが油を少し垂らして伸ばすことで、焦げ付きを防げる。

火を強火にして、モモ肉を皮を下にしてフライパンの上に置いた。

じゅー……という焼け始める音を聞きながら、野菜の入ったスキレットを手に取る。

スキレットの上にアルミホイルの代わりに使っている耐熱皮紙を乗せて、魔導コンロのグリルスペースに突っ込んだ。

グリルスペースは、日本のガスコンロについている魚用グリルのようなスペースだ。

あれよりも高さのある空間で、コンロの火の熱を利用して、このグリルスペースの中が熱される。

この機能を持ったコンロは今のところ世に出回ってはおらず、これもまたバッカスこだわりの逸品となっていた。

ただやはり商業ギルドへ設計図の登録はしたので、出回るのも時間の問題だろう。

鶏肉の皮目がパリっと焼けたら火を弱火にして、ひっくり返す。

そのタイミングで、スキレットを取り出した。

野菜に火が通り、良い感じの温野菜になっている。

火の通ったピーマンの良い香りに口の端を吊り上げながら、バッカスは様々な瓶の納められた棚へ手を伸ばす。

その棚から瓶を一つ取り出して、肉の上にたっぷり乗せた。

この瓶の中身はバッカス特製のミックススパイスだ。

手に入る範囲でスパイスやハーブを集め、それらを色々と組み合わせたミックススパイスをバッカスはいくつも用意している。

最初はただただ地球の味を再現したいだけだったのだが、気が付けばミックススパイスを作ることそのものが楽しくなっているところも否定できない。

とまれ——今しがたまぶしたミックススパイスもそういう経緯から生まれたものだ。材料は地球と異なるものの、味としてはケイジャンスパイスに近い。

皮目の上に盛られたスパイスが熱されて香りを放つ。

鶏皮の焼ける香りと混ざりあった暴力的な匂いにあらがうように、バッカスはもう一度肉をひっくり返す。

反対の面にもスパイスを掛けてから、火を止める。

一度、肉をフライパンから別の皿に移したあと、スキレットの中の野菜をフライパンに入れた。

フライパンの中に残った油とスパイスをざっくりと野菜に絡めたら、スキレットに戻す。

そして、スキレットの野菜の上に、皮目を上にした肉を乗せてやれば完成だ。

「コロゲ鶏のスパイスステーキ、野菜盛りってな」

スキレットを手に食卓へ行くと、鍋敷きの上にゆっくりとおろす。

冷蔵庫の中で冷やしておいたミルツラガーの瓶を手に取り、わざわざガラス職人に作らせた専用のグラスを持って、食卓へと戻る。

「食の子女神《リ・ゴズディツ》クォークル・トーン、酒の子神《リ・ゴズベレア》アルクル・オールに感謝を。いただきます」

席に着いて手を合わせれば、待ちに待ってた時間の始まりである。

ミルツラガー瓶の栓を抜いて、グラスの縁《ふち》に沿わせてに流し込む。

黄金色の液体がきめ細やかで滑らかな白い泡を伴って注がれる。

ミルツとは、この世界における麦だ。

ラガーとは地球と同じで、下面発酵された酒のこと。

つまるところ、ミルツラガーとはラガービールのことだ。

この世界――とりわけ、バッカスが暮らすこの領地は、麦の生産数が非常に多く、麦を使った特産品が色々ある。

特に、ミルツラガーとミルツエールの酒造は盛んであり、わざわざ飲み比べする為に、世界各地の酒好きがやってくると言われているほどだ。

それが、バッカスがわざわざこの街で暮らそうと決めた理由でもある。

グラスに口を付け、傾ける。

冷えた黄金色の液体は、爽やかな苦みを伴い、舌の上を流れ、喉へと落ちていく。

シュワシュワと弾ける爽快感のあと、残るのは軽い酒精の熱だ。

ゴッ、ゴッ、ゴッ……と喉を鳴らしながら、グラスの中のミルツラガーを一気に飲み干す。

前世同様に様々なミルツラガーがある中で、今飲んでいる『ミルツウォレイヤ』は、いわゆる淡麗辛口のものだ。

金というよりも鮮やかな黄色をしているこのミルツラガーは、雑味が少なくクリアな味わいで、香りも穏やか。そして喉ごしとキレが良い。

日本人が飲み慣れているピルスナーの味に近いものだ。

おかげで、冷えたものを一気に流し込む爽快感が非常に美味しい。

「ふー……」

前世の頃からビールは好きだった。

ただ、前世ではアルコールに弱かった。３５０ｍｌ缶のビールを一本開けるだけで限界が来てしまうほどに。

それを思えば、いくら飲んでも限界の来ない今世は非常に嬉しいものがある。

しかも、お酒が美味しい世界というのも最高だ。

「さてさて」

ナイフとフォークを手に取って……バッカスはナイフを置いた。

切り分けて食べようと思ったのだが、面倒くさくなったのだ。

チキンステーキに勢いよくフォークをぶっ刺して、そのまま持ち上げると、豪快にかぶりつく。

皮はパリっと音を立て、ぷりっとした肉は、旨味を秘めた脂を内側からあふれさせる。コロゲ鶏特有の旨味と、多めに掛けたミックススパイスが口の中で渾然一体となっていく。

焼きたての熱と旨味。ミックススパイスの塩気、そして辛み。

口の中に充満するそれらを洗い流すように、冷たいミルツウォレイヤをあおる。

空腹を満たす肉の味、肉の脂、そして酒の熱。

「最高だ……」

恍惚と呟きながら、今度は肉の下にしかれた野菜をフォークでまとめて突き刺す。

それを口の中に放り込めば、加熱によって増した野菜の甘みがスパイスと肉の脂の味と混ざり合う。

しゃきしゃきとした歯ごたえもまた心地が良い。

また肉にかぶりつき、ミルツウォレイヤを流し込み、野菜を食べる。

無限ループのように繰り返し続け、その都度、恍惚とした息を吐く。

そうしていると、酒も肉も野菜もあっという間になくなってしまった。

「……物足りない……」

酒もそうだが、何より空腹を満たすには物足りなかった。

だが、酒と肉を腹に入れたことで、やる気が回復している。

「さて――次は何を作って、どの酒を飲もうかね……」

今日はもう仕事をする気はない。だが、料理ならいくらでもできる気がしてくる。

「唐揚げは――やっぱ面倒だからパスだな……。

さっと出来て……何なら作りながらつまめるやつが良いな」

思いついた料理の材料をキッチンに並べる。

冷蔵庫から目に付いた酒を取ってグラスに注ぐ。

「さぁて……楽しむぞっと」

飲みながら作り、作りながら食べ、食べながら飲む。

後片づけを明日の自分に押しつけることにして――

バッカスは、今宵の空腹を満たすこと――それを大いに楽しむことにするのだった。

バッカスさんと、酒飲み仲間

ロックス鍛冶工房。

ドブロ・ロックスが親方を勤める、この町――いやこの国ではかなり有名な鍛冶工房だ。

工房そのものは現親方のドブロで四代目。

現在では武器と防具はオーダーメイドのみしか引き受けず、基本的には包丁などの日用品を作っていることが多い工房である。

だが、そのオーダーメイド品であれ、日用品であれ、非常に質の良いモノを打つ工房であり、ロックス鍛冶工房を示す剣とハンマーが交差する刻印は、良品の証とさえ言われていた。

そんな鍛冶工房で働き始めた新人は、裏口から聞き覚えのない声が聞こえてきて、そちらに視線を向けた。

「邪魔するぜ」

「おう。バッカスか」

入ってきたのはボサボサの黒髪に、暗赤色の瞳を持つ見慣れない男性だ。

そんな男性に、親方が気安く応じている。

「ちょいと、片隅借りてもいいか？」

「そういう契約だしな」

「んじゃ、借りるぜ」

「おう」

親方と挨拶を交わし終えた男性は、工房内の使われているところを見たことのない隅の作業スペースへと移動する。

すると、手慣れた流れで、荷物を下ろして鍛冶打ちの準備を始めていく。

彼はいったい誰なのだろうか。

疑問に思った新人は、近くの先輩に訊ねる。

「あの……あの人、誰ですか？」

「ん？　ああ、お前はバッカスさん初めてか」

「バッカスさん？」

「魔導具職人で、魔剣技師のバッカスさんだ。まぁザックリと説明すると、親方の酒呑み仲間だよ」

「酒呑み仲間？」

てっきり職人仲間かと思ったのだが、どうやら違うらしい。

「呑み仲間のよしみで、鍛冶場の片隅を貸して欲しいって頼まれた親方が、何かとの交換条件で場所を貸してるらしい」

「魔剣技師ってよく知らないんですけど、自分の鍛冶場とか持たないんですか？」

「それはよくある疑問なんだけどな。そもそも魔剣技師って、完成済み、ないしは完成直前の武器に魔宝石を仕込んだり術式を刻んだりする作業を主としているから、刀身部分は本職の鍛冶師に任せるモンなんだよ。だからふつうは鍛冶場を持たない。でもバッカスさんはコダワリが強いみたいで、刀身も自分でやりたかったんだってさ」

「それって、バッカスさんも剣を打てるってコトですか？」

「そうだよ。あの人の打ち方は特殊で、親方もマネできないやり方だけど、勉強にはなるぜ。邪魔にならないように、遠巻きから覗いてみな。バッカスさんも親方も、オレたちが見学するコトにとやかく言わないからな」

先輩の言葉に甘えて、新人はバッカスさんの邪魔にならない位置まで近づいて、様子を伺う。

炉から取り出した金属をハンマーで打つ。

その光景こそ見慣れたモノなのだが、バッカスさんはどうやら彩技を使って剣を打っているようだ。

魔力《カラー》を用いて身体能力や、道具の強度などを高める技術、彩技。

まさかそれを鍛冶に用いるなんて、新人には思いもよらない方法だった。

一定数叩いたあと、バッカスさんはハンマーを置く。

再び金属を炉に入れるのかと思いきや、彼は赤みを帯びた金属に手をかざす。

触らずとも火傷しかねないギリギリまで手を近づけると、何かをぶつぶつと口にしていた。

すると、金属の表面が削れて文字のようなものが彫られていく。

それを見て一つうなずくと、バッカスさんはその金属を再び炉に入れた。

魔術を使って文字を刻み込むのは初めて見る作業だが、それ以外の部分の動きには淀みもためらいもない。

ここで働く熟達した職人たちにも引けを取らない動きだ。

「魔導具職人としての仕事傍らでの修行で、ここまでモノにされちまうと、嫉妬もする気もうせちまうわな」

「まだまだだよ、ドブロ。理想には遠いさ」

「お前は理想が高すぎるんだよなぁ。ガキの時に見た神剣に並ぶ魔剣を作りたいなんてよ」

「今でも時々夢に見るんだ。あの剣を見た瞬間のコトを」

親方とのやりとりに、新人は驚いた顔をする。

実在することは有名ながら、本物の神剣を見たことをある者は少ない。

だが、バッカスさんはそんな神剣を子供の頃に見たことがあるらしい。

「その結果、元々の魔術士としての勉強に加えて、魔導工学の勉強まで必要になったのは想定外だったけどな」

「そんで今は魔導鍛冶の勉強か。マジで神剣作る気なんだな」

「マジもマジ。大マジだよ。人生最後の作品はそれで〆たいくらいだ」

彼が魔導具関連の職人としてどこまでの腕があるかは分からないが、鍛冶の腕前は、親方も認めているようである。

その後も、彩技で金属を打ち、魔術で何らかの刻印を施していく。

「ところでな。今日の賃料は何だ？」

「ミルツラガーだよ」

「なんだ、つまらん。いや酒が貰えるのは嬉しいが、ミルツラガーは飲み慣れているからな」

「おいおい、ドブロ。良いのかよ、そんなコト言っちまって。ミルツラガーはミルツラガーだが、ティシパルテ修道院から貰ってきたやつだぜ？」

「……マジか」

「マジもマジ。大マジだよ。生涯の最後に呑むに相応しいラガーと呼ばれているアレだよ」

酒に詳しくない新人だが、ティシパルテ修道院の名前は知っている。

確か修道院の中に酒造所があるとかなんとか。

しかも、そこで作られた酒は王侯貴族の御用達になるほどの逸品だという。

バッカスさんは、そんな場所にツテがあるのだろうか？

「いらねぇなら別の酒を用意するが……」

「いらんワケがないだろうッ！」

「だよな」

ニヤリとバッカスさんは笑う。

恐ろしいのは親方と喋りながらも、彼は作業の手を止めず正確に動かし続けていることだ。

「さすがに瓶を一本分だけなんだがな」

「十分すぎる！　場所代の対価としては高価すぎるぞ」

「いいんだよ。職人の作業場を借りてるんだ。そのくらいはさせろよ。俺の自己満足みたいなもんさ」

「お前さんがそれでいいなら、構わんがな？」

「……っと、すまん。ちょっとここからは黙ってくれ」

「了解だ。見てる分にはいいよな？」

「ああ」

そうして、親方を制したバッカスさんは、これまで以上に集中した様子で金槌を振るう。

金槌を振り上げる。

その時、まるで流れる汗すらも止まっているかのような静謐が満ち――――何かを見極めたらしいバッカスさんはそれを振り下ろす。

金槌が振り上げられるたびに時が止まったような神聖な静謐さが場を支配し、振り下ろされ、カンという音が響くことで時間が動き出す。

もちろんそれらは錯覚だ。

実際は、バッカスさんの汗は止まってないし、時間だって止まってない。

ただ彼の極限まで研ぎ澄まされたような集中力が、そういう雰囲気を生み出しているだけだろう。

「ふぅ――――……」

最後にバッカスさんが大きく息を吐くと、その緊張感が霧散する。

その後、親方と言葉を交わしながら剣を仕上げていく。

「魔術と彩技《アーツ》を使って鍛えるとやはり早いな」

「通常の倍以上に疲れるけどな」

親方の言葉に、バッカスさんは肩を竦《すく》める。

「出来た刀身、ここに置かせてくれ。柄を作ったら組み立てに来る」

「了解だ。ところで今日の夜は空いてるか？」

「もちろん。でもいいのか？　ラガーじゃなくて」

「そいつはとっておきだ。家で静かにじっくり呑むさ。今日は酒場で誰かとくだらん話をしながら呑みたいんだよ」

そうしてそのまま親方とバッカスさんは酒に関する会話を始めた。

その様子も何となく見ていると、先輩が自分へと声を掛けてくる。

「バッカスさんが終わったみたいだし、お前は仕事に戻れ」

「あ、はい。親方はいいんですか？」

「よくはないけど、バッカスさんと酒語りを始めるとしばらく親方は動かない。いつもの光景だから覚えておけ」

「はい」

親方とバッカスさんはだいぶ歳が離れているようだが、仲が良いのは間違いないのだろう。

「どうだ？　勉強になったか？」

「とりあえず、すごいってコトだけは分かりました」

「ま。それが分りゃあ今は十分だ。補足しておくと、バッカスさんがやっているのは魔力《カラー》を使って鍛冶を行う魔導鍛冶っていう技術だ。俺らがやってる鍛冶とはまたちょっと違うってところは頭の片隅にでも入れておけ」

「はい」

「んじゃ、仕事に戻るぞ」

普段、気難しい印象のある親方がバッカスさんと談笑しているのを横目に、新人は先輩に連れられて仕事に戻るのだった。

腹が満ちれば、思いも変わる

強い雨の降る夜。

彼女は傘もささずに、さまようように職人街を歩いていた。

昼間は綺麗に晴れていたものの、日が暮れる頃には、太陽も月も覆い尽くすような黒く分厚い雲が現れた。

そして完全に日が沈む頃には大雨になったのだ。

激しい雨に打たれながらも、彼女の心はここにあらず。

まるで打たれていることすら気づいていないかのようだ。

身なりからすれば貴族だろう。

下町の職人街を歩くには些か場違いだ。

もっとも、激しい雨の降るこんな夜に、それを指摘してくる者はいない。さらに言えば、こんな夜では、彼女を誘拐しようとするような悪徳の者すらも出歩いていないだろう。

だからこそ今の彼女はとても危険だと言える。

なぜならば――

「…………」

ふらついていた彼女は膝を付く。

そのまま前のめりに倒れてしまった。

――倒れた彼女に気づく者が、この雨のせいでいないのだから。

湿った――どころか、水たまりの出来ている石畳に、彼女は倒れ伏す。

その肢体を、止む気配のない水の雫が濡らし続け、そして冷やし続けていく。

意識があるのかないのか。浅い呼吸を繰り返す。

冷え切って白くなった肌の中、顔だけが熱を帯びたようにやや赤い。

(身体に力が入らない……。すごい眠い……。頭の中は熱く感じるのに、身体はすごく冷たい……)

倒れ伏したまま、彼女は自分の身体の状況を確認する。

心が折れ、何をして良いかわからないまま街をさまよっていた。

だというのに、自分の命に危機を感じるなり、無意識に身体の状況を確認するというのは、もはや職業病のようなものだろう。

(はは……。だけど……そうね。意味のないコトね。

……いっそ、このまま……五彩《ごさい》の環《わ》へと色魂《しきこん》を返還するのも、悪くは……ないかも……)

彼女は疲れ切っていた。

大事だと思っていた――大切にしたかったものに裏切られたのだ。

剣にしか興味がなかった自分が、強く持ってしまった別の興味。

傾倒しすぎてしまったのは間違いない。

（好き……だったんだけどなぁ……）

強い女は嫌だと言うから、騎士を辞め、剣を封印したというのに。

（何が……いけなかったのかなぁ……）

自分にはもう何も残っていない。

初めて患った恋という病にかまけて、騎士道も、剣も捨ててしまった女騎士に、いったい何が残っているというのか。

意識が遠のく。暗いところへと沈んでいく。

（これが……五彩と返還されるというコトなのかな……）

そんなことを思いながら、彼女の意識はまどろみに飲み込まれていくのだった。


「……ったく、気持ちよく呑んで帰ってきたら——人ン家の前でのたれ死には勘弁してもらいてぇな……」

どこか遠くから聞こえるそんな独り言が、彼女が意識を失う前に聞いた最後の言葉だったが——彼女の記憶に残ることはなかった。

ただ、激しい雨の降る夜に、酒場を梯子して呑み歩く馬鹿が居た事実が、彼女の還りかけていた色魂を引き留める要因になったのは間違いない。


意識が昇る。浮上する。

まどろみの海に埋没していた感覚が、ゆっくりと戻ってくる。

紙や布に垂らされた僅かな水が、広がっていくように。

浮上した意識が、彼女の五感に広がっていく。彼女の五感を広げていく。

「……ここは……」

薄汚れた天井は、見覚えのないものだ。

意識ははっきりしているのに、どこか頭がぼんやりする。

身体は気怠さを訴え、ベッドから起きるのも億劫だった。

「完全に風邪ね、これは……」

昨日の夜、傷心のまま雨降る街をさまよったのだ、風邪を引いても仕方がない。

ましてや途中で意識を失い倒れたのだから。

「……となれば、ここは私を助けてくれた人の家か……」

男物のシャツに、黒いズボンが穿《は》かされている。

男に助けられた——という事実に一瞬、何とも言えない感覚に襲われて叫びそうになるが、ぐっと堪える。

(落ち着きなさいッ、私ッ！)

昨晩、自分が倒れた時のことを思えば、着替えは必要な処置だ。

平民であっても貴族であっても、医者や医術の心得を持つものであれば、服を脱がし身体を拭いてから、ベッドへと寝かせるだろう。

自分が助ける側の立場でもそうする。

貴族として、異性の裸というものは、見てもいけないし見せてもいけないと教えられてきている。

それは、婚姻を結ぶまではありえないことだと言われてきたのだ。

だが、騎士として考えた時、必要とあれば異性の前で鎧や衣服を脱ぐ事態はゼロではない。

魔獣から毒液などを浴びた時は、素早く脱いで身体を清める必要があるからだ。

毒の染み込んだ衣服など着続けるわけにはいかないし、毒の付着した身体を洗わないわけにもいかない。

羞恥心で命を落とすことほどバカらしいことはあるまい。

まして、毒にまみれたまま仲間と行動するというのは、仲間を危険な目にあわせる行為でもあるのだ。

(医療行為としての脱衣であれば、その処置をするものが異性であっても騒ぐ必要はない……)

そう自分に言い聞かせながら、上半身を起こす。

天井の印象でもそうだったのだが、やはりここは平民の家なのだろう。

平均的な平民の家というのはよくわからないので何とも言えないが、ベッドが置いてあり、上着などが掛けてあるのを見るに、ここは寝室のようだ。

なんとも狭い印象を受けるが。

壁際には小さなキャビネットが置いてあり、その上には祭壇がある。

平民の家には、祭壇室のような部屋を作る余裕がないと聞いていた。つまり、あれが平民にとっての祭壇室の代わりなのだろう。

(……ここの家主の主神は……鉄の子神《リ・ゴズカーン》か。珍しいわね)

祭壇を見れば、赤の神――その眷属である神を示すエンブレムが飾られていた。

この世界に人間は、みな自身が崇める神を一柱信仰する。

そして多くの者は、この世界の在り方を司る五彩神《コズホイーラ》から一柱を選ぶものだ。

その眷属である子神《リ・ゴズ》を主神にしているものは少ない。

もっとも、珍しいだけで居ないわけではないので、それをバカにするつもりはない。

そもそもこの国の法律において、

『生きとし生けるものが信仰する神の愚弄を禁ず。いかな存在であろうとも、それが信ずる神を、その神を信ずる行為を愚弄してはならない。禁を破りし時、死で贖《あがな》うことになろうとも、国は死をもたらした者を咎めることはない。また生きとし生けるもののいずれかが、不明な神を信ずる場合もまた同様とする。神に罪はなく神の名を口にして咎を為《な》すことが罪である』

……というものがある。

元騎士として、他者の信仰に口を出すなどという恥ずべき行いをする気はないのだ。

そうやってベッドの上から周囲を見渡していると、トントンと部屋のドアをノックする音が響いた。

「起きてるか？」

「ああ。今、起きたところだ」

「入るぞ」

「構わない」

口調は気になるが、礼儀を弁えている者のようだ。

ここが家主自身の部屋だとしても、寝ている者への配慮を感じる。

それでもやはり警戒心が残っているからか、普段の口調ではなく騎士の時の口調で返事をした。

「手当てが必要だったとはいえ、お貴族様を汚いベッドに寝かせちまって申し訳ないな」

入ってきたのは、二十代半ばと思われる人物だった。

あまり手入れのされていなそうな黒い髪と、無精ひげの男だ。

だが、暗赤色の瞳は、強い知性を感じさせる輝きを宿している。

「そこは気にする必要はない。助けてもらったのはこちらの方だ」

「そう言って貰えて安心した。貴族の中には、手当ての為に平民の家に連れてきた時点で打ち首とか叫ぶ奴いるからな」

実感の籠もった言葉に、彼女は思わず訊ねた。

「そのような人物が？」

「王都に住んでた頃にな」

「それは申し訳ないな。貴族を代表して詫びよう」

「こんなコトで詫びてたら、いくら詫びても足りなくなるぞ」

「……そうなのか……？」

「まぁな。貴族から見た貴族と、平民から見た貴族の差みたいなもんだ」

言いながら、部屋の中にあった車輪付きのテーブルを引っ張ってくる。

テーブルはベッドの上で使える高さのものだ。

「ズボラする為に作ったテーブルだが、こういう時に便利だ」

そう言って、彼女の元へとテーブルを置くと、そこに簡素な形の水差しを乗せた。

「食欲はどうだ？　平民のメシで申し訳ないが、食べれそうなら少しでも腹の中に入れておいた方がいいぞ」

言われて、久方ぶりに空腹を覚えているのに気付く。

ここ数日は、空腹を感じても食欲がまったくなかったのに、不思議なことがあるものだ。

もしかしたら、ドアの向こうから漂う匂いのせいかもしれない。

その柔らかく、どこか甘やかな香りが、自分の食欲を刺激してくる。

やや思案してから、彼女は厚意に甘えることにした。

「もし、迷惑でないのなら、頂いても？」

「うちの前で倒れてた時点で迷惑なら掛かってる。この程度なら今更だ」

皮肉っぽい笑みを浮かべながら、彼は水差しから木製のコップへと水を注ぐ。

「ちゃんと浄化してあるから、安心して飲んでくれ」

「ああ。頂くよ」

そうして、部屋を出て行く男を見送ってから、彼女はコップを手に取った。

コップも水差しも平民らしい簡素なものながら、丁寧に手入れをされていることが見てとれた。

口を付けると、想像以上に冷たい水に、彼女は目を見開く。

一口目は驚いたものの、二口目からはその冷たさが心地よく、カラカラだった喉を通り、全身に水分が巡っていくのを感じた。

ただ冷たいだけでなく、水からは、ほのかに爽やかな香りと風味を感じる。

「これは……柑橘類《ニラダナム》の香りかしら？」

何となく水差しの中を覗いてみると、品種まではわからないものの、柑橘類《ニラダナム》らしきものの輪切りが浮かんでいた。

「お水に、こんな飲み方があるのね」

ささやかながらも驚きのある工夫だ。

少し嬉しくなりながら、彼女は柑橘類《ニラダナム》の二杯目をコップに注ぐ。

二杯目を飲み干した辺りで、再び部屋のドアがノックされた。

「お待ちどうさま」

そう言いながら、彼がテーブルの上に乗せたは、小さな鍋。

その鍋の蓋を彼がはずすと、さきほどから漂っていた柔らかな香気が、より力強くだけど優しく、ふわりと部屋中に広がった。

中身は白い粒のようなものが、卵だと思われる黄色いものと合わさった料理だ。

「米料理《エシル》か。だが見たコトのない料理だ……。リゾットに近いようだが」

「お？　リゾットを知ってるとは珍しい」

彼が驚くのも無理はない。

米料理はもとより、そもそも米という穀物自体が、この国ではまだまだ珍しい。

「私は米料理が結構好きでな。王都で働いていたころは良く食べていた」

「貴族街と平民街の中間辺りにあった『米彩色《エシル・カラリオ》』って店でか？」

「知っているのか？」

そして、その珍しい米を食べられる料理屋というのが、『米彩色』というわけだ。

興味本位で立ち寄ってから、彼女はすっかり虜《とりこ》になってしまっていた。

「俺も王都にいた頃は通ってた」

「そうなのか」

『米彩色』は、貴族ないし、平民の富豪向けの価格設定がされていた。そこに通えるということは、彼は見た目よりも財力があるのかもしれない。

お互い顔を知らなかっただけで、『米彩色』の店内ですれ違っていた可能性はあるだろう。

「ともかく、こいつだ」

「ああ」

柔らかな香気に食欲を刺激されていたところだ。

米料理好きとしても気になっている。

「ある土地で、お粥と呼ばれている料理だ」

「オカユ、か」

不思議な言葉の響きだ。

もしかしたらこの大陸の外の料理なのかもしれない。

「ま、ともかく食べてみてくれ」

大きな匙で、鍋から器へと中身を移す。

出来たばかりで湯気を立てている米に、彼女は目を奪われる。

リゾットよりも水分は多そうだ。

それに――

「この米は、粒が小さいのか？」

「お？　見ただけで気づくとは」

彼は嬉しそうにうなずいて、器をこちらに寄越しながら説明してくれる。

「『米彩色』で主に使われてる米は、長米《グノルエシル》って品種でな。米同士がくっつきづらく、パラリと仕上がる。こっちは短米《トスエシル》って品種だ。加熱すると柔らかくなり、粘りが出て、もっちり仕上がる。品種によって特性が違うんで、料理によって使い分けるんだ」

「米にも種類があるんだな」

「そりゃあな。一口に麦って言っても色々あるだろ？　あれと同じだ」

言われて、彼女は納得する。

そうなると、長米と短米も、大きな分類でしかなく、それぞれごとに細かい名称を持っているのかもしれない。

「まぁ米談義も楽しいが、冷める前に食ってくれ。こっちの小皿は薬味だ。風味を足すものだから、好みで掛けるといい」

「ああ。頂こう」

「俺は向こうにいるから、ゆっくり食べな。出掛けはしないから、何かあれば声を掛けてくれ」

「ありがとう」

食の子女神《リ・ゴズデイツ》に祈りを捧げ、彼女は木匙を手に取った。

器からオカユをすくい、軽く息を吹きかけてから口に入れる。

「あ」

同時に口の中に柔らかな塩気が広がった。仄かに海を思わせる香りと塩気だ。

柔らかい米を噛みしめれば、特有の甘みがじわりと広がり、その塩気と合わさって、さらに広がっていく。

そこに、卵の甘みが自分も混ぜろとやってくる。

「美味しい……」

しょっぱすぎず、薄すぎずの絶妙な塩加減。

米の甘みと、卵の甘みが、その塩気の中にある甘みをも引き出していく。

逆にその塩気は、米と卵の甘みを引き出し、風味を高める。

口の中に、風景が広がっていく。

それは海を望む丘にある白い別荘と、その別荘のテラスでそこで仲睦まじくデートをする米と卵の姿。

磯の香りに包まれて、歌と話が弾んでいく。

互いが相乗しあい、高まっていくハーモニーに手を止められず、彼女は一杯目を一気に食べきってしまった。

だが、鍋の中には残っている。

鍋の脇に置いてあった大きな匙で、空になった器にオカユをよそう。

「そう言えば、好みで使えって言ってたわね」

彼の言葉を思い出し、鍋の横にある小皿を見た。

小皿はいくつかあり――

小さな緑色の輪のようなもの。

木くずのようなもの。

蟻より小さな黒い木の実のようなもの。

それぞれが少しずつ盛られている。

どれも見慣れない不思議なものばかりだが、これだけの逸品を作る男が、意味のないものを用意したりはしないだろう。

「うーん……？」

とりあえず、緑色の輪のようなものを少しだけオカユに乗せる。

どうやら葉っぱの類のようだ。

オカユとともに食べれば、シャキっとした歯ごたえと、独特ながら爽やかな風味と香りが広がった。

どうやら、長ネギの一種のようだ。

爽やかな風味が加わって、味わい深くなった。

次に黒い粒をぱらりと掛けてみる。

それと一緒にオカユを食べると、香ばしい風味と甘みが足された。

これもまた、自分の知らない食材だ。何かの種だろうか。

「こっちはどういう味なのかしら？」

木くずのようなもの対する忌避感と好奇心のせめぎ合いは、二つの薬味を食べたことにより、完全に好奇心へと傾いた。

それをオカユに乗せて一緒に食べてみると、磯の香りと魚の風味が口に広がり、想像しなかった味わいに変化する。

「スープの味が濃くなった……すごいわ」

恐らく、この木くずのようなものでオカユの土台となっている出汁《フォン》を作り出したのではないだろうか。

わざわざこうしてトッピングとして出すことで、もっと風味の濃い味が欲しい時に調整できるようにしてあるのはニクイ。

オカユの味と食べ方、楽しみ方は理解できた。

あとはもう、食欲の赴《おもむ》くままに楽しむだけだ。

そうして、彼女は汗をかきながら、鍋が空になるまでオカユを食べ続けるのだった。

彼女はよほど空腹だったのだろう。

一心不乱にお粥を食べてる気配を感じながら、バッカスは自分用に作った濃いめの味のお粥を啜《すす》る。

「お、良い感じに中華粥っぽい風味にできたな」

その味に満面の笑みを浮かべたバッカスは、油で揚げたダエルブ――前世のフランスパンに近いもので、この世界での主食だ――をちぎって、中華粥にくぐらせて口に運ぶ。

「うんうん。これこれ」

二百年くらい前までのダエルブは非常に堅かったらしい。

だが、そんな時代にいたとある女性――歴史にその名を残す有名な何でも屋《ショルディナー》だ――が若い頃、ブドウに似た果物エニーブや、いわゆる柑橘系の果物などから酵母を作り出し、今の柔らかなダエルブの礎を築いたと言われている。

現代を生きるバッカスとしては、その発明をした何でも屋《ショルディナー》さまさまだ。ついつい祈りたくなってしまう。

食の子女神《リ・ゴズディイツ》の化身とまで謳《うた》われるほどの美食家だったとかで、自身が納得する味を作り出す為に、食材を探し出すだけに飽きたらず、自らも鍋を振るうことがあったというエピソードには、親近感すら覚える。

余力があるなら自分も食材探しの旅と未知なる食材の料理とかしてみたい。

問題は、バッカスの中に冒険に出るなんて面倒なことはしたくないという感情があることか。

ともあれ――

「あとはザーサイが欲しいところなんだが」

生憎と自分の前世の知識に作り方が存在しないのが口惜しい。

だが、塩は容易に手に入るのだから、浅漬け程度のものなら作れるだろう。代用くらいはできるかもしれない。

あるいは、香辛料などを組み合わせた調味液を作って、高菜のようなものも漬けるというのもアリか。

(今度試してみるか)

思考をしながらもスプーンは止めずにいると、いつの間にやら器の中は空になっていた。

「ふー……ごちそうさまでしたっと」

ひとしきり——朝食なんだか昼食なんだか分からない微妙な時間の——食事を終えると、バッカスは寝室へと視線を向けた。

そろそろ向こうも食べ終った頃だろうか。

(あいつはノーミヤチョーク卿の長女……クリスティアーナだっけか？　たぶん間違いないよな？王都に住んでた頃、米料理の店でちょいちょい見かけた姿と一致する)

扉を見ながら、ぼんやりと思案する。

ノーミヤチョーク家の邸宅は王都のはずだ。

この領地に別荘があるという話も聞いたことがない。

「ドントルドのおっさんとこのガキと婚約を結んだとかって話は、おっさん自身から聞いた覚えがあるっちゃあるが……うーむ……」

独りごちながら、首を傾げてうめく。

自分の知っている情報を引っ張り出してきても、どうして彼女が工房前で倒れていたのかが結びつかない。

「確か、ここの領主とノーミヤチョーク家って親類なんだっけか？」

曖昧な情報だが、そうであれば連絡先は領主だろう。

そうでなくとも、バッカスがこの町で安心して彼女を預けられる貴族と言うと、領主しかいないのだが。

何であれ、だいぶ弱っていたし、熱もある。

まずは可能な限りの手当を施《ほどこ》した上で、連絡するべきだろう。

「あ、本人からどこへ連絡すればいいか聞けばいいのか」

バッカスは立ち上がると、自分の使っていた食器を片づけから、寝室のドアをノックする。

「入るぞー」

「ああ」

返事が来るのを待ってからドアを開ける。

「綺麗に食べてるじゃないか。ありがとな」

「ごちそうさま。良い味だった」

「お粗末様でした。そう言ってもらえると作り手冥利に尽きるな」

空になった鍋の中に、お椀やスプーンなどを入れながら、笑顔を向ける。

これは本音だ。自分で食べるのではなく、誰かに食べて貰う時に、食べてくれた相手からこう言われることをバッカスは嬉しく思う。

「ふわ……っと、失礼」

「気にするな。身体がだいぶ弱ってたようだし、疲れも溜まってるように見える。そこへ、久々のまともな栄養が身体を巡ってるんだ。眠くもなる」

思わず出てしまったと思われるあくびにあわてた様子を見せる彼女に、バッカスはそう告げる。

それから、失礼――と一言添えてから、彼女の額に自分の手を当てた。

「あ、な……」

熱とは違う理由で赤面する彼女の様子を無視して、バッカスは自分の手から感じる彼女の熱を読みとる。

「少し高めだが……まぁそう悪い熱でもなさそうか。一番は疲労だな。そこに冷たい雨に打たれ続けたワケだし」

口をパクパクさせていた彼女だったが、極めて冷静な様子のバッカスに、どうやら落ち着きを取り戻してきたようだ。

だが、バッカスはある意味で容赦なかった。

「さらに失礼するぞ」

そう言うと、今度は額に当てていた手を首筋にあてる。

「……ッ!?」

冷静になりかけていた彼女の頭が、再び沸騰するように熱を帯び赤くなる。

しかし、やはりバッカスは冷静な態度を崩さなかった。

「ふむ。首回りに腫れの気配もない。身体の調子はどうだ？　特に肘や膝といった関節に痛みとかはあるか？」

手を離して真顔で問うバッカスに、彼女は少々慌てた様子で、軽く身体を動かしてみせる。

「大丈夫、だと思う」

「そうか。頭痛とかはどうだ？」

「それも平気だ」

「うし。なら、もう一眠りしとけ。栄養が補給された身体が休みを欲してるだろうからな」

「まるで医者のようなコトを言うのだな」

「多少の心得はあるからな」

「そんな男に助けて貰えたというのは幸運だったのかもしれないな」

「そう思うんだったら、大人しく寝ておけって」

最後に本心を口にする彼女に、バッカスは苦笑するように枕を示す。

「お言葉に甘えさせてもらおう」

「そうしろそうしろ」

彼女にうなずいてから、バッカスは思い出したような素振りで訊ねる。

「そういや、誰に連絡すりゃいいんだ？　特に問題ないようなら、領主にでも連絡するが……」

「それで構わない。今は……私は今――叔父であるこの地の領主コーカス・シータ・ミガイノーヤ卿の世話になっているからな」

「分かった。連絡しておくよ」

バッカスはそれを聞いて一つうなずくと、静かに扉をしめるのだった。

家主が部屋を出て行ったのを見送ってから、彼女はその場で倒れるように枕に頭を乗せる。

「…………」

医術の心得があるということから、こちらの頭や首筋に手を置いたのは医療行為であるというのは分かる。理解できる。

だが――

（た、淡々とやるのだから……もうッ！）

やはり、騎士とはいえ貴族令嬢として育てられた身。異性からの触れられるということそのものに馴れていないのだ。

思わず顔が赤くなり、内心で慌てていたというのに、当の家主は淡々とこちらの具合を確かめているだけのようだった。

いや、それが医療行為としては当たり前なのだろうが……。

（……そういえば、あの人はあまり私に触れてくれなかったな……）

触れて良いのは近しい者のみ。

婚約者であれば近しいに含まれるだろうに、あの人はまったく自分に触れてくれなかった気がする。

（大きくて、ゴツゴツしてて、だけど、優しい手だったな……）

先ほど触られていたのを思い返しながら、自分の首筋にそっと触れる。

（……って、こんなコトでドギマギするなんて……！　婚約破棄されてすぐにこれじゃあ、まるで尻軽みたいじゃない……）

それでも、心身共にボロボロだった自分には、家主の優しさがじんわりと染みたのだ。

（ああ、でも――）

美味しい食事に満たされ、家主の優しさに癒されて。

（こんな穏やかな気分で、眠りに落ちるのは、いつ以来だったかな……）

こうして、彼女はゆっくりと瞼を落とす。

そこには抵抗もなく、不安もなく、疲れ切った彼女は、自身の意識が落ちるのを自覚できないまま、ストン……と、微睡みの中へと落ちていくのだった。

バッカスが部屋を出てすぐに、彼女が寝息を立て始めた気配を感じ、彼は小さく息を吐く。

出来る限り物音を立てないように食器を洗い終えると、イスの背もたれへ乱暴に掛けてあった黒いジャケットを手に取った。

ジャケットを羽織って玄関に向かう。

領主の館までわざわざ行くのは手間なので、何でも屋《ショルディナーズ》ギルドで運び屋にでも手紙の運搬を依頼すればいいだろう。

多少の手間賃は掛かるが、その辺りは向こうで持ってもらえばいい。

そんなことを考えながら玄関を開けると――

「ん？」

「えっと、こんにちわ」

ノックをする直前だったのだろう。軽く握った拳を構えた少女がそこにいた。

赤い髪に柔らかな橙の瞳を持つ、見慣れない少女だ。

「はい。こんにちわ。ところで、おたくはどちらさん？」

「あの……その……わたしはミーティ・アーシジーオと言います。

今日はバッカスさんにお礼を言いに来ました」

「お礼？」

ミーティの言うお礼とやらに心当たりがなく、バッカスは首を傾げる。

「あの――先日は……」

それでもミーティは必死だったのだろう。

馴れない年上の男性にお礼を言うべく、しっかりとこちらを見上げてくる。

そこに、大声を出す気配を感じたバッカスは、申し訳ないと思いつつも彼女の口を塞いだ。

「……⁉」

目を見開くミーティ。

対してバッカスは、もう片方の手で人差し指を伸ばして、自分の口元に当てた。

「悪い。奥で病人が寝てててな」

それなりに頭がいいのか、状況把握能力が高いのか。

どちらであれ、彼女はジェスチャーとその一言だけで、バッカスが言いたいことを理解したらしい。

ミーティは、小動物のようにコクコクと何度かうなずいた。

その様子を見て、バッカスは彼女から手を離す。

「下へ行こう。話はそこで聞く」

「はい」

小声でミーティがうなずくのを確認してから、バッカスは静かに玄関のドアを締めてカギを掛ける。

「ついてきてくれ」

ドアのカギがちゃんと閉まったのを確認し、バッカスはそう告げると歩き出す。

狭い廊下を進み、階段を降りて、工房の入り口のカギを開ける。

「ほれ、入ってこい」

そうしてミーティを中へ手招きした。

「お、お邪魔しまーす」

ミーティは恐る恐るといった様子で中へと入ってくる。

「真っ暗？」

「今点けるよ」

思わず――と言った様子のミーティに、バッカスはそう返して、工房の壁にある魔宝石に魔力《カラー》を流し、魔導具を起動させて天井の明かりを点けた。

すると――

「ふわぁ……」

ミーティは工房を見渡しながら、感極まったように声をあげる。

「すごい……魔剣や魔導具がこんなに……ッ！」

「一応、本業は技師のつもりだからな」

知り合いからは、どうにも剣や魔術で戦う仕事ばかりが斡旋されてくる気がするが、そこは敢えて気にしないでおく。

「それで、お礼ってのはどういう意味だ？」

「あ、はい！　先日、餓鬼喰い鼠《パンディック・タロ》に食べられそうになってたのを助けて貰いましたからッ！」

「ああ。あの時の子か」

「改めて、助けて頂きありがとうございましたッ！」

快活な調子で、ミーティは頭を下げる。

バッカスはそれに小さく手を挙げて、応えた。

「気にするな。仕事だっただけだよ」

「それでも、五彩輪《ごさいりん》に還らず、ここにいられるのはバッカスさんのおかげですからッ！」

「そうかい？　どういたしまして、だ」

　こうやって面を向かって、皮肉や嫌みのない真っ直ぐなお礼を言われるのはいつ以来だろうか――と考え、バッカスは少し寂しくなる。

　己の友好関係や、指名依頼をしてくる面々を思い返し、素直にお礼を口にできない連中を妄想の中でブン殴ってぶっ飛ばし溜飲を下げると、顔を上げた。

「わざわざ礼を言いにくるなんて、出来たお子様だな。そのままひねくれずに育って欲しいところだ」

「あははは。こちらこそわざわざお時間取らせちゃってすみません。えっと、病気の方がいるなら、お薬とか買いに行くところだったんですよね？」

「ん？　まぁそんなところなんだが……」

　――と、そこでふと、脳裏に過《よぎ》るものがあって、バッカスはミーティに訊ねる。

「ところで、お前さん――ミーティだったたか。ちょいと手が空いてたりしないか？　少しばかりお使いを頼みたいんだけどよ」

「場所と内容にもよりますけど……」

「お？　二つ返事で受けずに詳細を伺おうとする感じ、好感度高いぞ～」

「本当ですかッ？」

　実際、ギルドを通さない直接依頼《ライブクエスト》は、迂闊に引き受けてしまうと大変な目にあってしまうことが多いのだ。例え恩人相手でも油断はしない精神《ショルデイナーズ》というのは大変すばらしい。

　ミーティが襲われた際に、即座に何でも屋ギルドに駆け込んだ彼女の友人といい、この町には将来有望な人物が多いのかもしれない。

「ちなみに、行き先は貴族街。ちょいと手紙を届けて欲しい」

「貴族街……ですか」

彼女が難しい顔をして、躊躇っている理由はバッカスにも分かるので、無理強いするつもりはない。

そもそもからして、貴族という輩は、平民からのイメージが余りよろしくないのだ。

もちろん、貴族には貴族の事情などもあるだろうが、ハナっから平民を見下している奴らも多い。

バッカスやミーティといった平民に対して、貴族街を歩くだけで心無い言葉を浴びせてくる貴族もいるくらいだ。

とはいえ、目障りだという程度の理由なき理由で、不必要に平民を殺すようなバカ貴族はこの街にはいないと、バッカスは思っている。

そういう意味での危険性はあまり高くはない。その為、ミーティであっても問題なく仕事は完遂できるだろうと踏んでいた。

やや思案していたミーティは、小さくうなずく。

「わかりました。引き受けますよ」

「悪いな。助かる」

「そのかわり……ですけど」

「ああ」

しっかりと報酬の交渉をしようとするところも好感度が高い――と、内心で思いながら、バッカスは先を促す。

「時々、工房に遊びに来てもいいですか？」

キラキラとした瞳で彼女は告げる。

「わたし、魔導技師を目指してて……」

ミーティが全てを言い終えるよりも先に、バッカスは被せるようにのんびりと言う。

「弟子を取る気はないぞ～」

その反応にやや目を伏せるミーティだったが、続くバッカスの言葉で再び表情が華やいだ。

「ま、仕事の邪魔をしないってんなら、時々遊びに来るくらいは構わないけどな」

「ありがとうございますッ！」

満面の笑みを浮かべるミーティに、バッカスも皮肉っぽく見える笑みを返して工房の奥へと歩いていく。

「ちょいと手紙を用意するから、待っててくれ。見学しててもいいが、不用意に触んなよ。失敗作とかも混ざってっから」

「はいッ！」

ミーティが好奇心と喜びに満ちた顔でうなずく。それを見たバッカスはやれやれと言う顔で手紙の準備を始めた。

用意する手紙は二つ。

片方は、豪華な封筒へと入れて、自家製の特殊な魔導具を用いて封蝋をする。

もう片方は簡素な封筒に入れ、こちらは簡易的な封ですませた。

「ミーティ」

「あ、はい！」

とてとてと駆け寄ってくるミーティに、バッカスは二つの手紙を渡した。

「これが渡して欲しい手紙だ。ちなみに行き先は領主の館な。場所は大丈夫か？」

「そりゃあ場所は分かりますけど……」

顔をひきつらせながらも分かると返事するミーティに、よしよしとうなずきながら、バッカスは続けた。

「こっちの簡素な奴は門番確認用。こっちの封蝋付きのは領主宛だ。門番に両方渡した上で、詳細は簡素な封筒の方に書いてあると伝言してくれ」

「えっと、わたしが行って相手にしてもらえますか……？」

「大丈夫だと思うが、どうしてもぐだぐだ言われるようなら、『飲兵衛《のんべえ》魔剣技師の使い』だって言えば、どうにかなると思うぞ」

「飲兵衛魔剣技師の使い……」

まるで大事な大事な合言葉を記憶するように、ミーティはその言葉を数度繰り返す。

「問題ないようなら、頼んでもいいか？　俺が行ってもいいんだが、病人ほったらかしておくのもアレだしな」

「あ」

行くと言っても当初の予定はギルドだったのだが、敢えてそれは口にしない。

家から出ずともメッセンジャーが用意できるのであれば、それに越したことはないのだから。

「わかりましたッ！　確かに病人がいるなら、一人だけにしておくのも大変ですものね。この依頼、お引き受けますッ！」

「おう。頼んだ。そういや、何でも屋《ショルディナー》の登録は？」

「してます。お小遣い稼ぎ目的ですけど」

「なら何でも屋《ショルディナーズ》ギルドには、直接依頼《ライブクエスト》って形で報告しとくから」

「ありがとうございますッ！」

何でも屋《ショルディナー》はランク制度を採用しており、依頼達成を積み重ねてランクを上げていくと、より高い難易度の依頼を引き受けることができるようになる。

その為、多くの何でも屋《ショルディナー》は、小さな依頼の達成実績を積み重ねて、ランクを上げていく。

だが直接依頼《ライブクエスト》は、依頼を達成しても、依頼人がギルドにその報告をしなかった場合は、何でも屋《ショルディナー》側は実績にはならない。

しかし、事後報告の形で依頼人と何でも屋《ショルディナー》双方がギルドに報告すれば、実績になるのだ。

なので、バッカスはそれを約束した。

ミーティのように、小遣い稼ぎ程度のことが目当てで登録している人たちも少なからずいるが、そういう人たちであっても駆け出しランクよりも、少し上のランクを目指すものなのだ。

まぁ単純に、駆け出しランクである銅五級くらいが引き受けられる依頼だと、子供の小遣い稼ぎとしても微妙なのが多いから――なのだが。

小遣い稼ぎをするにしても銅三級くらいにはなっておきたい。

ちなみに、銅一級でほぼ一人前扱いされるようになり、本格的な一人前扱いはその次の銀五級からとなっている。

「一応、達成したらうちに顔を出してくれ。たぶん、二階の居住区にいるから」

「はいッ！　それじゃあ行ってきます」

「頼んだ」

そうして元気よく出発するミーティを見送ったバッカスは、工房にカギを掛けて、再び二階へと戻っていくのだった。

●○●○●

どうして——どうして自分はこんな豪華な馬車に、領主様と一緒に乗っているのだろうか。

ミーティ・アーシジーオはひきつりそうになる表情筋を必死に押さえ、浮かべている穏やかな笑みを崩さぬように努める。

そうだ。お店とかで働く時と同じだ。接客するときのような笑顔だ。

自分に必死に言い聞かせていると、領主様は穏やかな笑みをこちらへと向けてくる。

「ミーティさんだったね。わざわざ使いをしてくれてありがとう」

「きょ、恐縮です。とはいえ自分はバッカスさんに頼まれただけですから……」

もはや自分でも言葉遣いが正しいかどうかの判断ができない。それでも反応しなかったり、あるいは否定的な反応をするのは大変失礼なことであるという理解はあるので、必死に取り繕っているのだが。

「彼が頼む程度には、君は信用があるというコトだ。あの男は信用なき者に、手紙の配達など頼まぬよ」

領主様は随分とバッカスを評価しているようだ。

市井の魔導技師と、領主の接点があまり見えてこず、ミーティは胸中で首を傾げる。

「旦那様。お言葉ですが、本当にその人物は信用できるのですか？」

「ん？　ああ、ホルシスは会ったコトはなかったか」

「ええ。旦那様からお話を伺う機会は多いのですが」

執事のホルシスの様子を見る限りでは、領主様の個人的な知り合いなのだろうか。

「お互いに王都に住んでた時に知り合ったのだ。彼は優秀な魔導技師だが、同時に優秀な魔術士でもあってね。王都で仕事が一緒になったコトがあるのだよ」

「そこが分かりませんな。どれほど腕が立とうと、平民の魔術士と旦那様が出会う機会というのは、そうないように思えますが」

「仕事の内容は伏せさせてもらうがね。奴を連れてきたのは、お忍びでその仕事に首を突っ込んできたメーディス王子だ」

思わずミーティとホルシスは顔を見合わせた。

どうして、そこで王子様が出てくるのだろうか。

疑問に思っていると、領主様はなぜか獰猛な獣のような表情を浮かべてうめく。

「あの悪童《あくどう》ども……王都の事件に色々首を突っ込みすぎだったんだ、まったく」

なにやら苦労された様子が伺えるが、ミーティもホルシスもそこには敢えて触れないことにする。

というか、王子様相手に悪童と毒づくのは、不敬に当たらないのだろうか。

「ここにいるのは我々だけですからね」

「あー……」

こちらの胸の裡でも読んだのか、苦笑混じりにホルシスさんがそう告げる。

その意味をやや遅れて理解したミーティは、小さくうなずいた。

「ともあれ、そうして知り合った後での話なのだが――彼とは妙にウマが合う相手だと気付いてね。それ以来、互いに良くし合っているのだよ」

「旦那様も幼少の頃は随分な悪童でございましたしね」

「ホルシス……」

半眼でうめくものの、それ以上のことは口にしないあたり、実際に悪童《いたずらこぞう》だったのだろう。

「ところで、あのー……」

話が一段落したところで、ミーティはおずおずと手を挙げる。

「ふむ。どうしたかな？」

「わたしはどうして馬車にご一緒させて頂いているのでしょうか？」

それは自分も聞きたかった――とでも言いたげに、ホルシスも領主様へと視線を向けた。

不思議そうな二人に対して、領主様はさして気にした様子もなく答える。

「ん？　まぁ私が君を乗せていくコトも、バッカスは折り込み済みだっただろうしな」

「え？」

「バッカスからの直接依頼《ライブクエスト》なのだろう？　終わったら彼に報告する必要があるわけだ。こちらも目的地はバッカスの工房なのだから、君を乗せて行ってあげた方が、バッカスもまた君を待つ時間を省ける」

「いえ、でも、だからといって……」

そんな理由で平民の自分と馬車を相乗りするものなのだろうか。

「お嬢さん、戸惑いはごもっとも。正直、貴女の考えの方が正しいとも言えます――ですが、旦那様がこのように言い始めると、聞き分けがなくなりますからな」

諦めたようなホルシスの言葉に、ミーティは「ああ、そういうものなんだ」と、似たような眼差しを湛《たた》えてうなずくのだった。

領主様も若いときは悪童だった。

ミーティはなんとなく、その言葉の意味が理解できた気がした。

バッカス氏の工房というのは――ホルシスの目線で言えば、よく言っても見窄《みすぼ》らしいものだった。

無論、一般的な平民の家屋と比べれば十分に大きいのだが、富豪たちの家屋と比べると随分と見劣りする。

ホルシスにとっては、旦那様の知人がこのような場所で生活しているというのが信じられなかった。

「二階にいると言ってましたので、二階へ行きましょう」

「ああ」

ミーティ嬢はそう言うと、随分と狭く一段一段が高い階段を登っていく。

旦那様も躊躇いなくそれに着いていくので、ホルシスも黙って二人の後をついて行く。

階段と同じくらい狭い廊下を少々歩いたところで、ミーティ嬢が部屋のドアをノックする。

ほどなく、中から男性の声が聞こえてきた。

「あいよー」

「ミーティです。完了報告に来ました。あと、お客様もお見えになってます」

「お疲れさん。ちょいと待っててくれ」

ややして、内側からドアが開けられ、手入れのされていなさそうな黒髪の男性が姿を見せる。

無精ヒゲも残っており、ホルシスとしては旦那様の知人であるというのが信じられない気分だ。

とはいえ、彼は旦那様を見て皮肉っぽくもどこか嬉しそうな笑みを浮かべたあたり、やはり知り合いなのだろう。

「コーカスさん、久しぶりだ。相変わらずのようで何よりだ。今回は世話を掛けた」

「ああ。久しぶりだな。相変わらずのようで何よりだ。今回は世話を掛けた」

「気にしなくていいさ。こっちとしては拾いモンの世話をした程度だしな」

旦那様に対する言葉遣いのなってなさは、仲の良き友人という見方をすれば許せる。

だが、拾いモンの世話——という言い回しには、ホルシスも少々イラっとした。

その様子に気付いたのだろう。

旦那様はホルシスをなだめるように言った。

「ホルシス、こいつはヘタな貴族より頭も舌も回る。この程度でイライラしていたら身が持たんぞ」

「悪いな。どうにも物事を悪し様に口にするのがクセになっちまってんだ」

皮肉っぽい造作の顔を、より皮肉っぽく歪めて謝罪をしてくるバッカス氏。

その姿を見て冷静になったホルシスは、旦那様の言葉を理解できた気がした。

「いえ、こちらこそ初対面の方に申し訳ありません」

素直に頭を下げると、彼もこちらに対して雑な動きではあるものの、頭を下げてくる。

少なくとも、謝罪したら負けだと考えているような人物ではなさそうだ。

「とりあえず、入ってくれ。散らかってはいるが、入って貰えないと説明もできんしな。ミーティも悪いが、入ってきてくれ。報告は後で受ける」

「わかりました」

そうして部屋へと招かれて、ホルシスたちは中へと足を踏み入れる。

「相変わらず……恐ろしい部屋だな……」

中を見渡していた旦那様が、うめくように口にした。

その意味が分からず、ホルシスも同じように周囲を見渡す。

一般的な平民の生活というのを知らない為、ホルシスもこれが恐ろしい部屋なのかどうかというのも分からない。

「ホルシス、ミーティ嬢、気をつけろよ。バッカスが何てコトもないように利用してる魔導具の数々……どれも、貴族ですら中々手を出せないシロモノや、表向き開発中で市井に出回ってないシロモノばかりだからな」

「え？」

「なんと」

恐ろしい部屋――という言葉の意味を理解して、ホルシスとミーティ嬢は固まった。

「そんな大層なモンじゃねぇって。既存のモンじゃ物足りねぇから必要なモン付け足すように改造しただけだし。あとは自前で用意した奴か。案外そっちの方が多いくらいかもな」

「その自前で用意したり改造されたりした魔導具がどれもこれも常軌《じょうき》を逸した一点モノだから頭が痛くなるのだよ」

いい加減に理解してくれ――とうめく旦那様の様子から、バッカス氏の作る魔導具がとんでもないシロモノばかりなのだと、匂わせる。

値段を付けたらいくらになるのか――そんなことを考えると薄ら寒くなってくるホルシスを横目に、ミーティはその双眸を輝かせていた。

「常軌を逸したって……ひどいな」

わざとらしく口を尖らせながら、バッカス氏はミーティ嬢へと視線を向ける。

「ミーティ。こっちの部屋は好きに見てていいから、ちょいと待っててくれ」

「わかりました」

快活にうなずくミーティ嬢。

彼女は大変素直で、良い娘のようだ。

「コーカスさんと、執事さんはこっちだ」

少しだけ彼の声のトーンが変わる。

その意味を理解できないホルシスではなく、素直にうなずいて彼と一緒に静かに寝室へと足を踏み入れた。


貴族の寝室と比べると随分と狭いことにホルシスは驚いたのだが、旦那様は気にした様子もなく、ベッドへと向かっていく。

やや見窄らしいベッドでは、クリスティアーナお嬢様が、穏やかな寝息を立てていた。

ここ最近の様子が嘘のように穏やかな寝顔で、顔の血色も良くなっているように見える。

「とりあえず、メシを食わせて睡眠を取らせた。ここ数日まともに食ってなかったようだし、寝不足と疲労もすごかったからな。今は体調は戻りつつあるようだが、発熱がある。恐らくは冷たい雨に打たれ続けたせいだろうとは思うが……まぁ疲労で体調崩しても熱が出るコトがあるから、どっちのせいかまでは分からん」

まるで医者のような言葉に、ホルシスは目を見開いた。

しかも、適当なことを口にしている様子はなく、診察した結果を淡々と語っているようだ。

「しかし、食事と睡眠でここまで改善されるのか？」

「何があったかまでは聞かねぇが、食欲がなくなるくらいの出来事があったんだろ？」

「ああ」

「空腹と睡眠不足――そのどちらも、思考を鈍らせる。それどころか、それが続けば精神から安定感を奪う。そんな状態で問題について考えていれば、どんどんと思考はダメな深みにハマっていくもんだ。そうなると、余計に心が疲弊して、その影響で食欲が薄くなり、寝るコトが困難になる」

なんということだ――と、ホルシスは二人に気づかれないように、奥歯を噛みしめる。

話を信じるのであれば、そこまで行けば、あとは悪影響の循環だ。

心の不調が身体へと影響を与えている状態から、悪影響の循環によって本格的に身体が壊れていく。

そして実際にその様子に心当たりがある。

それほどまでに追いつめられていたのだと思うと、ホルシスは叫び出したくなる思いだった。

「それで、どうやってこの子に食事を？」

「好奇心を引き出した」

「ほう？」

「倒れているのがノーミヤチョークのお嬢さんだと気付いた時点で、献立は米料理しかないと思ったんだよ」

そこで、ホルシスは首を傾げた。

「バッカス氏は、お嬢様をご存じだったのですか？」

「ああ。王都で暮らしてた頃に通ってた馴染みの米料理の店は、彼女の馴染みの店でもあってな。面識はなかったが、一方的に知ってた。米料理にハマってる奴ってのは、未知なる米料理に目がないからな。手持ちのレシピの中に、病人向けの良いレシピがあったんだ。あとは興味の湧く演出と、見た目。もっと食べたくなる工夫なんてのを施してみた」

何てことのないように口にしているものの、それがどれだけ難しいことか。

レシピを知っていたところで、興味を引く方法やもっと食べたくなる工夫というのは非常に難題だ。

「それでも口にしてくれるか分からなかっただろう？」

旦那様の言うとおりだ——と、ホルシスは思う。

だが、バッカス氏は勝機はあったと、口にする。

「寝る——というよりも気絶に近い形だったとはいえ、多少は身体が休まっていた。この時点で僅かに食欲が回復してるだろうとは思ったからな。あとは食べてさえくれれば、胃が刺激され正しく空腹を覚えるだろうし、食欲が満たされれば身体が勝手に眠気を訴える。それに身を任せてくれるのなら、今度は正しく睡眠によって身体が休まる」

それが今の状態だと、バッカス氏は示した。

穏やかな呼吸。発熱によるものだと思われるが、赤みの差した顔。

ここ数日の幽鬼のようだったお嬢様の面影は消え失せているように見える。

「腹が満たされると気持ちも満たされるって言うしな。今度目が覚めた時は、もうちょっと建設的に問題の原因と向き合えると思うぜ」

そう告げて、バッカス氏は自身の指先をお嬢様の額に当てます。

「何を——」

思わず声を上げようとしたホルシスを、旦那様が制してくる。

「誘《いざな》いの羊よ、微睡《まどろ》みに揺蕩《たわた》え」

紡がれたのは恐らくは呪文。

何らかの魔術が行使され、穏やかな光がお嬢様の頭部を包み込み、やがて消え去っていく。

「より眠りを深くしたのか？」

「そんなところだ。夢も見ないくらい深く眠ってくれてた方が、運びやすいだろ？」

そう告げて彼は片目を瞑ると、お嬢様を抱き抱えた。

「だ、旦那様……！」

「良い。バッカスは誠実だよ。抱き抱えたコトに深い意味などない。あくまで行動指針が平民なだけだ」

「……そうですか……」

うなずくホルシス。

だが、一方で説明を口にしたはずの旦那様にとっては、あくまでもホルシスを納得させる為の方便でしかない。

「まぁバッカスの場合、貴族の行動指針を理解した上でやってるんだがな」

まったく困った奴だ――と声に出さずぼやく旦那様に、バッカス氏もホルシスも気付くことはない。

「馬車までいいか？」

「ああ。頼む」

平民は異性に触れ合うことそのものに貴族ほど忌避はないのだと、ホルシスはここで初めて知ったのだった。

●○●○●

ぼんやりと、意識が浮き上がる。

そこに抵抗感はなく、気だるさはなく。

浮き上がること身を任せるような心地でいると、自然と瞼が開いていく。

窓からは明かりが差し込み、換気の為か僅かに開いた窓から入り込む風で、レースのカーテンがふわりふわりと動いている。

光に慣れない目を睨むように細めて天井を見上げれば、そこが見知った天井であるのだと気付く。

「叔父様の家……？」

ここは、叔父から与えられたクリスティアーナの部屋だ。

ついさっきまで、自分を助けてくれたらしい平民の家で寝ていたような気もするのだが――

気持ちは妙に凪いでいる。

夜に降りしきる暗澹《あんたん》とした雨のような気持ちは、いつの間にか晴れたようで、快晴――とまではいかないが、曇天程度までには持ち直している。

不思議と、頭もすっきりとしている。

頭の中はいつも霞がかったような重みと僅かな頭痛を訴え、常に頭の芯にやるせなさと苛立ちが渦巻いていたような感覚だったのだが、それも綺麗に消え失せていた。

身体は気怠く熱っぽさはあるものの、身体を動かすことそのものが億劫に感じるような感覚は薄れている。

身体を起こし、両手を見下ろす。

それで何かが分かるわけではないのだが、自分の身体の変化に戸惑っているのは事実だ。

自分の身に何が起こったのだろうか――そんな気分で首を傾げていると、部屋の扉がノックされ、一人の侍女が入ってくる。

彼女はこちらを見ると、嬉しそうに顔を綻《ほころ》ばせながら一礼した。

「お目覚めになられたのですね、お嬢様。お加減はいかがですか？」

「随分と良くなったと思うわ。頭も身体も、嘘みたいに軽いの」

「それはようございました。お嬢様を助けられた方は、随分と腕の良い医術師様だったようですね」

「医術師……」

恐らく彼は医術師ではない。

医術師であったならば、鉄の子神《リ・ゴズカーン》ド・ラズラードを主神になどしないだろう。

「お話によりますと、食事でお腹を満たすコトで心も満たされ、睡眠で身体を休めるコトで頭と心も休まるのだそうです。医術師様のところで、食事をし、睡眠をとったコトでお嬢様の体調は改善されたそうですよ」

逆に食事や睡眠が疎かになったり、まともに取れないようになると、健康な人であっても、頭痛や倦怠感、思考の鈍化などが起こるそうだ。

「ねぇ、私を助けてくれた人のコト分かるかしら？」

「申し訳ございません。私はまったく存じ上げません。ですが、旦那様のご友人だそうですので、お伺いになられてみてはいかがでしょう？」

「そうね、そうしてみるわ」

丁寧に答えてくれる侍女にうなずいて、何とも無しに窓を見る。

それが知れただけで充分だ。

気持ちはまだまだ沈み気味だが、それでもどん底のような感覚は薄れている。

まずは体調を整えて、それが終わったらお礼を言いに行こう。

あわよくば――

「お嬢様、どうかされました？」

「え？」

「いえ、お顔が随分と楽しげでしたから」

「そう？　そうね。案外、そのくらいでいいのかもしれないわね」

「それはどう言う？」

「美味しいモノって大事ね、って話よ」

そう――あわよくば、また何か彼の手料理をごちそうになれれば……思わずそんな図々しいことを思ってしまった。

貴族令嬢としても、騎士としても失格な、少しばかり卑しい考え方かもしれない。

――だけどそれでも……

オカユを食べて理解してしまったのだ。

彼はまだまだ未知なる美味しい料理を知っているに違いない、と。

「それでしたら朗報がございますよ」

「朗報？」

「寝ているお嬢様をお迎えに行った旦那様とホルシスさんが、医術師様よりお嬢様が気に入られたというオカユなる料理のレシピを預かってきたそうです。お目覚めになられた際にご所望されるのでしたら、早速作らせてみると言っておりました」

「まぁ！」

侍女の言葉に、彼女は——クリスティアーナは、思わず手を合わせ、喜びの声をあげるのだった。

誤解を招くな、運を招け

ずぶ濡れ令嬢を拾った日から、一週間ほど経った頃——

「お邪魔します」

工房で小型コンロの設計図を作っていると、入り口から一人の女性が入ってきた。

それは、透き通るようなピーチブロンドをした女性だ。気高さと優しさを兼ね備えたような茶色の瞳を笑みの形に細めながら、軽く会釈するように頭を下げる。

女性にしてはやや背が高い。のんびりとした歩みからも、身体を鍛えてきたもの特有の動きを感じる。

工房へと入ってきたのは、いつぞや助けたずぶ濡れ令嬢だった。

それを確認してから、バッカスはやや皮肉げな笑みを浮かべて訊ねる。

「邪魔するぞ——じゃないんだな」

「すでに元・騎士なので。それにすぐに復帰する気もなく、しばらく自由にするつもりなの。いつも片意地張ったしゃべり方だと疲れるでしょう？」

どうやら、オンとオフの切り替えがはっきりしているタイプのようだ。

「そのわりには、この間は騎士口調って感じだったけど」

「警戒してたのもあるし、第一声がついついい騎士の調子だったから、引っ込みつかなくて」

てへぺろとばかりに笑う彼女は、倒れていたときからは想像もつかないほど愛らしい。

クールな顔つきを横から見れば、その凛々しさに同性からも一目惚れされそうな美しさを持つ。だが、こうやって対面してやりとりをしている分には、可愛らしさも充分に兼ね備えているようにも思えた。

「それで、何か用かな……クリスティアーナお嬢さん？」

「クリス・ルチルティアよ。しばらくはそういう名前で何でも屋《ショルデイナー》をするコトにしたからよろしくね。ちなみに、今日はお礼を言いに来たの」

「バッカス・ノーンベイズだ。一応、魔剣技師を名乗っちゃいるんだが、どうにも何でも出来る便利屋さんや料理人扱いされてる昨今に疑問を感じている男でもある。わざわざ礼を言いにくるなんて、その律儀さには頭が下がるよ」

そういえば、この前もわざわざ礼を言いに来た少女がいたな――と、バッカスは思い返す。

この街の少女たちは、義理堅い子たちが多いのだろうか。

「倒れた私を介抱してくれてありがとう。改めてお礼を言うわ」

「随分とサッパリとした顔をしてるけど、悩みは無くなったのか？」

「吹っ切るのには時間がかかりそうだけど、それだけに拘泥《こうでい》しててもダメになるだけだって気づけたから」

「そりゃ何より」

晴れ晴れとした顔で告げるクリスに、問いかけたわりには興味なさげにバッカスは相づちを打つ。

それから、書いていた設計図を裏返しにすると、席から立ち上がった。

「そろそろ昼だな」

「そうね」

ニコニコと嬉しそうな顔で、クリスがスススッと近づいてくる。

「…………」

「オカユ、美味しかったわ。叔父様のところの料理人が再現してくれたんだけど、あと一歩何かが違ったのよね」

「…………」

何が言いたいのか予想がついたバッカスは、半眼でクリスを見遣る。

「本音は？」

「お礼を言いに来たというのは本当よ？」

クリスは先にキッパリとそう告げてから、ややしてバツが悪そうな顔で俯いた。

「それとその……貴方の作ったオカユの味……忘れられなくって」

そんなところだろうと思った——と、バッカスは小さく息を吐く。

「それに、美味しいモノって食べてる間、嫌なコトを忘れられるって気付いたの。私の分の食費はちゃんと払うから——」

冗談めかしているようで、どことなく感じる必死さ。

美味しいモノが食べたい。忘れられないというのも本心だろう。

同時に、嫌なことを忘れられるというのも、本心のようだ。

（ショックを随分と引きずってんな。根深いところが傷付いたか？）

バッカスは表情を変えずに、彼女の言葉を吟味し、わたわたと色々と言葉を重ねていく様子を見る。

（わざわざ王都から叔父が治めるこの辺境の町に来たのは、王都に居づらいから……わざわざ騎士を辞めてるってのは……）

何となく脳裏に結びつくものがあって、バッカスは何度目だか分からない嘆息をもらした。

「えっと、ごめんなさい。図々しいコト言ってる自覚はあるわ……」

「あー……いや。クリスに対してため息をついたワケじゃねぇよ」

バッカスが嘆息した対象は、貴族であり知人の一人であり、クリスの婚約者の父親シダキ・マーク・ドルトンド卿に対してだ。

だが、クリスにそれを悟られたくはないので、誤魔化すように後ろ頭をかきながら告げる。

「ま、俺の料理で心の傷が癒えるってんなら、振る舞ってやるさ」

すると、クリスは分かりやすく顔を輝かせて両手を合わせた。

「ありがとう。バッカス！」

美人の笑顔だ。そう悪いものでもない――そんなことを自分に言い聞かせて工房を出ようとすると、一人の少女が入り口にいた。

「ミーティ？」

「あ。もしかしてご飯の時間でしたか？」

「そういえば、今日は見学に来たいって言ってたな」

半分約束を忘れてたバッカスは、やや思案して、ミーティに訊ねる。

「お前さん、メシは？」

「まだですけど……？」

「クリス、一緒に席に着く奴が一人増えるけどいいか？」

「ええ。あなたの家の食卓でしょ？　あなたの都合優先でいいわ」

こうなれば、一人も二人も同じである。

バッカスは二人に気付かれないように軽く息を吐くと、口の端をつり上げた。

「お前も一緒にあがってこいミーティ。男の手料理で良ければごちそうするよ。ついでに俺が自分用に改造した調理用の魔導具も紹介してやる」

「え？」

何を言っているのだろう――という様子で目を瞬くミーティだったが、やがて理解したのだろう。

「はい！　お言葉に甘えさせてもらいますっ！」

そう言って、バッカスにとっては直視しづらいような眩しすぎる笑顔を浮かべるのだった。


自分のあとについて階段を登ってくる二人の少女。

自己紹介を交わし合ってる女子二人をその背で感じながら、バッカスは内心で苦笑する。

（……ここへ来て変に女運が変動した気がすんな。それが上がってるんだか、下がってるんだか分からんけども……）

ただ何となく、だが良かれ悪かれ、この女運の変動がここで終わらずにまだまだ続きそうだ。その予感だけを感じて、バッカスは小さく小さく――今日はもう数えるのも面倒になった回数目の――嘆息をした。

（とりあえず、薄切りダエルブ使ったピザトーストでも作りますかね）

お昼の献立を考えながら、バッカスは自宅の扉の鍵を開ける。

自宅の台所に入ってすぐに準備をしようかと思ったバッカスだったが、魔導具を見せるとミーティに告げていたな……と思い返す。

　とりあえず冷蔵庫から材料を取り出したところで、二人はバッカスの家に入ってきた。

「クリスは適当に座ってろ。ミーティ、調理用の魔導具を使うのを見たければ、俺の邪魔にならないところまで近寄っていいぞ」

「はい！」

「はーい」

　それぞれに返事をするのを確認してから、バッカスは玉ネギ似の野菜《ノイノー》をみじん切りを始める。

　ノイノーはかなり歪んだ形をしているが、形以外はほとんどタマネギと代わりのない野菜だ。

　当然、涙腺への攻撃もしてくるが、バッカスはその程度で怯まない。

　次にバジルに似た味がする針葉の野菜《リサツバ》を刻む。

　それから、少量のニンニク似の野菜《チルラーガ》も同様にみじんに刻む。

　刻んだ野菜は、トマトに似た果実《オタモーツ》から作ったバッカス謹製のケチャップと混ぜ合わせる。

　これで、簡易ピザソースは完成だ。

　続いてピーマンに似た野菜《レブ・レペップ》を縦に細切り。

　ソーセージもやや斜めに角度を付け輪切りにしていく。

　やや太い楕円形をしたダエルブ《パン》を薄く切って、そこに先ほど作ったピザソースを塗りたくった。

「手慣れてるわね」

「自炊は、趣味みたいなモンでな」

　こちらを見ながら感心してるクリスに、バッカスはそう返す。

「あのバッカスさん。このコンロ……変な穴というか空間がありますけど」

「それが何かはそのうち分かるさ。あとで使うしな」

「おお～！」

結局、ふつうのコンロにはない空間が何に使うかぼかした答えだったのに、ミーティは大げさな反応をしてみせる。

そんなミーティの反応を視界の外で感じつつ、バッカスは冷蔵庫から二種類のチーズを取り出した。

「バッカスさん、それチーズですか？」

「おう。片方はわざわざ海の向こうの美食王国から取り寄せた、刻みチーズだ」

「あの国から食材やレシピを仕入れようとすると、結構な価格になるでしょう？」

「そうだな。だけどまぁ、持つべきものは便利なコネだってな」

「なるほど」

クリスはどこか呆れたようにうなずくが、ミーティはよく分からなかったらしい。

小動物のように小首を傾げているが、バッカスとクリスはわざわざ解説するつもりはなかった。

「片方はってコトはもう一つのソレは？」

「ふっふっふ。よくぞ聞いてくれましたッ！」

もう片方のチーズについて問われると、バッカスは態度を急変させる。

どうしても言いたくて仕方がなかった彼は笑い出した。

それを見た、クリスとミーティは即座に悟ったような顔をする。

「あ、これ聞かない方が良かったやつね」

「職人さんの中に多いですよね。こういう人」

なにやら冷めたツッコミが飛んでくるのも気にせずに、バッカスはまん丸で真っ白いチーズを示す。

「これは、俺が丁寧に自作したモッツァレラというチーズだ！」

「わざわざ自宅で発酵させたの？」

「こいつは、発酵させずに作るフレッシュチーズってやつでな。川潜みの水牛《レディス・エディス・レタワ・オラフーブ》に乳を搾らせてもらうなどの材料集めをして何とか作り出した一品だぞ」

ドヤとした顔を見せるバッカスに、クリスは眉を顰めた。

「川潜みの水牛《レディス・エディス・レタワ・オラフーブ》……？　確かそれ、牛系の魔獣よね？　その系統は比較的凶暴だったハズだけど、おとなしく搾らせてもらえるの？」

「というか、魔獣のお乳とか飲めるの？」

二人の疑問はもっともだとバッカスはうなずきながら、答える。

「まず牛の乳。少なくとも川潜みの水牛《レディス・エディス・レタワ・オラフーブ》は飲める。カリムの実の果汁と似たような風味がするが、そっちには無い独特の甘みとコクを持つ」

そもそもこの世界においてミルクというのは、カリムの実の果汁のことだ。

飲料としてはもちろん、加工すればクリームに、発酵させればチーズにと、ほとんど地球のミルクと変わらない成分を有している。

だが、植物であるために、動物性の油分やたんぱく質を含んでない。そのせいか、非常に淡泊な味わいだ。

牛乳味で牛乳のように使える豆乳という表現が一番近いモノかも知れない。

だからこそ、バッカスはカリムの果汁では満足できなかったワケだ。

「それに、確かに牛系の魔獣は凶暴なのが多いが、川潜みの水牛《レディス・エディス・レタワ・オラフーブ》はおとなしい。加えて川潜み《レディス・エディス・》の水牛《レタワ・オラフーブ》に限らず、牛系の魔獣のメスは子供がおらずとも乳を溜める。だが溜まりすぎると病気になりやすくなるので、群れの子供や、なんなら別の群れの子供であっても、自分の身体のために提供するんだ」

「それは初めて知ったわ」

「バッカスさんって魔術や魔導具だけじゃなくて、魔獣にも詳しいんですね」

感心する二人に、そうだろうそうだろうと浮かれた様子でうなずきつつ、さらに続ける。

「群れの子供や、群れ以外の子供にも提供できない場合——川潜みの水牛《レディス・エディス・レタワ・オラフーブ》であれば川から陸にあがり、岩や木に自分の乳をこすりつけて、排出する。だが、これが結構痛いようでな、何なら同族以外の存在に飲んでもらったりしようとする奴が出てくるんだ。そして、そこが狙い目でもある」

「……と、いうと？」

「そういう水牛のパンパンに張った乳を搾らせてもらうワケだ」

バッカスはパンパンに張った乳を示すジェスチャーと、それを搾るジェスチャーをして見せる。

「…………」

「…………」

なぜか二人とも少し顔を赤らめながら、自分の胸元を見た。

その様子に気づいているのかいないのか、バッカスは余計なことを言わずに続ける。

「川潜みの水牛《レディス・エディス・レタワ・オラフーブ》と生活しているような集落なんかだと、貴重な栄養源らしいぞ。牛乳は。そして、人間が丁寧に搾り出してくれると知ると、次回以降、持て余している時は人間を探すようになるらしい」

「岩や木を使うのは本当に最終手段にしたいんだ」

「まぁ魔獣でも痛いのはイヤなんでしょうね」

まだどことなく顔の赤い二人を気にせず、バッカスはさらに続けた。

「ともあれ、カリムの実だとどうしても物足りない味になってしまうモッツァレラだが、川潜み《レディス・エディス・》の水牛《レタワ・オラフーブ》の乳を使うコトで俺にとっての理想の味を作り出せるワケだ」

モッツァレラそのものは、簡易レシピなども多い。

そのおかげでバッカスも、前世ではネットで軽く検索して引っかかったモノをマネして作ったりしていた。

これもその記憶を思い出しながら作ったものだ。

「わざわざそこまでやってチーズを自作するバッカスが少し怖いわね」

「職人さんって基本的になにかしらのコダワリ持ちですから」

「それ、ミーティちゃんはわりと自分のコト棚上げして言ってない？」

「棚上げは……ちょっとだけ自覚はあります」

モッツァレラはカリムの果汁でも作ることはできる。

だが、バッカスが食べ比べた感じとしては、やはり川潜みの水牛《レディス・エディス・レタワ・オラフーブ》の牛乳の方が美味しかった。

「長々と喋ったが……続きをやろう。まずは刻みチーズを、ソースを塗ったダエルブの上にたっぷり乗せる」

「そ、それだけで庶民的にはだいぶ贅沢なんですが……！」

「そもそも、あの刻みチーズそのものが、庶民が手を出せるシロモノじゃないんだけどね」

「そーでしたッ！」

何やら戦慄しているミーティを無視して、バッカスはモッツァレラをちぎる。

「続けてモッツァレラを乗せる」

「チーズを二種類も乗せるのね」

「ここに、細切りにしたピーマン似の野菜《レプ・レペップ》と、輪切りにしたソーセージを乗せていく」

ここまで準備したところで、バッカスは鍋を取り出した。

「お鍋？」

「スープも作ろうと思ってな」

チーズや具材を乗せたダエルブを一度、脇に置く。

そしてスープ用に用意した分厚いベーコンと、野菜を適当にカットする。

野菜はジャガイモ似の芋《イエラブ芋》、ブロッコリー似の野菜《イロコルブ》、キャベツ味の松葉野菜《エガブニプ》を茎ごと、キノコをいくつかだ。

それらと一緒に、自家製押し麦を少量、鍋へと放り込んでから、水とエパルグの果実酒《白ワインに似た酒》を注ぎ、蓋をした。

「おお！　豪快！」

量を量らずポンポン放り込んでいくからだろう。何やら横にいるミーティがそんなことを言いながらはしゃいでいる。

それを横目で見つつ、バッカスはコンロの魔宝石に手をかざした。

「いいか、ミーティ。こうやってコンロに火をつけるだけなら、通常のコンロと同じだ。だが、俺が改良したコンロはそれ以外の機能を持っている」

「それ以外の機能？」

「そう。それがさっきお前さんが気にしていたこの空間だ」

「おお！　ついにこの空間が！」

「ここをグリルスペースと呼ぶ」

「グリルスペース!!」

「ミーティちゃん、楽しそうね」

コンロについての解説が始まった途端、目を輝かせるミーティに、クリスはそれを見守る姉のような眼差しを向けている。

「ようは、鍋を温めている火の熱で、このグリルスペースを温めるワケだ。中は熱が籠もりやすい構造になっているから、かなりの高温になる」

「それでそれで?」

「この中に突っ込んでも問題ない鉄板の上に、チーズを乗せたダエルブを置いて、そのまま鉄板ごと突っ込む」

「高温になったグリルスペースで料理を焼くんだ!」

「そういうコトだ。上で別の料理を作りつつ、その熱で別の料理を焼ける。慣れれば便利だぜ」

「すごい!」

顔を輝かせ、キラキラしているミーティを眩しいと思いつつ、バッカスは小さく笑う。

そんなバッカスの姿を、クリスがからかうように笑った。

「純粋な好奇心を持つ子供には、優しいのね」

「基本的に俺は女子供相手には紳士であろうと思ってるんだぜ」

「知ってるわ。私はそれに助けられたんだもの」

「………………」

皮肉と冗談を交えたようなバッカスの返答を、クリスは敢えて真正面から返してきた。

冗談で笑い飛ばしてもらうつもりの言葉を、真っ直ぐに返されたバッカスは、返す言葉が出てこず、何とも言えない顔をする。

「案外、真っ直ぐな言葉に弱いのね」

「周囲が捻くれモノばかりだからな。捻くれてない言葉ってのは聞き慣れないんだ」

気を取り直すように、息を吐いたバッカスは場を誤魔化すようにミーティへと声をかけた。

「なんか質問はあるか？」

「ありますあります！　このコンロ、魔宝石の設置位置が基本からズレているみたいですけど、これでちゃんと動いてるのが不思議です！」

「ん？　ああ、これは俺が使いやすいようにしているだけでな、術式と魔宝石を繋ぐ回路はそこまでズレてるワケではなくて……」

そのままクリスには意味がよくわからない魔導具談義が始まった。

だが、それを邪魔する無粋をするつもりがなかったので、クリスは料理ができるまでの間、穏やかな笑みを浮かべながら二人の様子を見守るのだった。


「そろそろだな。熱いのを取り出すから少し離れとけ」

「はーい！」

バッカスはトングのようなもので鉄板の端を掴んで、グリルスペースから取り出した。

それをキッチンの上に用意された布の上に置く。

熱され、軽い焦げ目が付きながら溶けたチーズの香りが、キッチンに広がる。

「いいわよね。熱されたチーズの香り。それに混ざるトマトの香りも」

クリスは広がる香りでそわそわし始めた。

「すぐ出すよ。ミーティそこに置いてある皿を三つ、ここに並べてくれ」

「わかりましたっ！」

熱々のピザトーストをそれぞれの皿に乗せていく。

「うし、こいつをクリスがいるテーブルに持って行ってくれ。そしたらお前も座っとけよー」

「はーい」

バッカスに言われるがまま、ミーティはキビキビ動いて、用意を手伝ってくれる。

ミーティがピザトーストを運んでいる間に、バッカスはスープの入った鍋の蓋を開けた。

そこへ、塩、胡椒を振って味を調《ととの》え、水で解いたカタクリ粉を少量回し入れてとろみをつければ完成だ。

余談だが、この世界にもカタクリ粉がある。しかも名前もカタクリだ。明らかにこの世界の言語からズレた命名である。

となると――先輩転生者の仕業《やらかし》としか思えない。間違いなく、過去に自分以外の転生者がいたのだろう。

もっとも、バッカスはそれを調べる気はあまりない。

調べる意味も無さそうだし、調べる理由も特にないのだ。興味がないわけでもないが、他のやりたいことと比べると優先順位は低い。

……とまぁ、先輩とカタクリの話はさておいて――

バッカスは仕上げた野菜スープをスープ皿に盛って、二人の元へと運んでいく。

「お待ちどうさん。ピザトーストと、ポトフ風とろみスープだ。どっちも熱いうちが花だからな。火傷しないように楽しんでくれ」

一緒にカトラリーも並べれば、クリスは待ってましたとばかりに、食の神への祈りを捧げる。やや雑めに。

ミーティも気になっていたのだろう。

クリスに倣《なら》うようにささっと祈りをすませた。

「ナイフとフォークでもいいんだけどな。ミーティなら、ピザトーストは手づかみでガブっといくといいぜ。熱いから気を付けろよ」

身分的に、クリスは手づかみに苦手意識があるだろう。

そう思ってミーティにだけ口を出したバッカスだったが、それを聞いていたクリスは、ふふんと笑ってピザトーストを手で掴んだ。

「変な気遣いはいらないわよ？」

「そいつは悪かった」

そして示し合わせたわけでもないだろうに、クリスとミーティは同じタイミングで、トーストにかぶりつく。

「んんー！」

「とろとろが、伸びて……！」

「おお。良い伸びだ」

二人の口から伸びるチーズを見ながら、バッカスはのんびりと笑う。

「ダエルブのザクザクした歯ごたえに、ソースの甘酸っぱさ……。そこにチーズがとろとろ絡んで、まろやかで……美味しい！」

「熱々でとろとろで、なんだか伸びて糸を引いて、おもしろーい！」

「仄かに感じるリザッバとチルラーガの風味と香りも良い案配だわ」

「すごい！　伸びる伸びる～！」

クリスは嬉しそうに、ミーティは楽しそうに、それぞれに感想を口にする。

「喜んでもらえて何よりだよ」

そう言いながら、自分はポトフ風スープを口に運ぶ。

（ベーコンがいい感じの味を出してるな。野菜の甘みやイエラブ芋のうまみもよく出てる。ちょっとだけ入れた押し麦も、ぷちぷちと食感のアクセントになってくれてる。うん。ザックリ作ったわりには悪くねぇじゃん）

思っていた以上に優しい味わいになっているので、朝食や食欲のない時に良いかもしれない。

（ただ、酒の肴には向かねぇ味だ）

そこだけは少し残念である。

続けてピザトーストだ。

二人同様に、とろけて伸びるチーズを楽しみながら、ザクザクとダエルブをかみ砕く。

（即席のピザソースも悪くないな。今度はケチャップではなく、トマト似《オタモーツ》の野菜からソースを作ってみるか）

シンプルなピザの味になってくれたとは思うが、ケチャップ感が強い。

今後はもっとトマトソース感を出したのを作りたい。

（タマネギ《ノイノー》は火を通すといい感じに甘くなるな。かなり熱は通ってるはずだがシャキシャキ感が残ってるのがいい）

味は濃く、ハーブやニンニクが効いたこのピザトーストを食べていると思う。

（しかし、ニーダング王国から仕入れたとろける刻みチーズ《チルラーガ》。これはやばいな。想定以上に良い味をしてやがる……！　高いだけはあるぜ）

チーズへの感動が落ち着いてくると、バッカスは心の底から湧いてくる言葉を漏らす。

「酒、呑みたいな」

「良いわね――と言いたいけど、ミーティちゃんがいるから控えておきましょうか」

「真面目だねぇ……まぁ、そういうコトなら仕方ないな」

「あの、私は別に気にしませんけど……」

「大人が気にしてるんだ。子供は気にしなくていいんだよ」

「そういうコト。あなたはこの人の料理や魔導具を好きに楽しんでおけばいいのよ」

二人はミーティに笑いかけ、それぞれに料理を口に運ぶ。

その様子に、ミーティも気にしないことにしたのだろう。彼女も気にせずにスープやトーストを食べていく。

「それにしても……熱でとろけたチーズは食べたコトあるけど、こんなに伸びるのは初めてね」

「こういうのも悪くないだろ？」

「ええ。それに、このオタモーツのソースも良いわ」

「美味しいです！　んんー……伸びる～」

「だいぶ楽しんでるわね」

チーズを食べてるんだか、チーズを伸ばして遊んでいるんだか分からないミーティだが、楽しんでくれているのは間違いなさそうだ。

「ミーティを見てると、知り合いを思い出すな」

「どうして？」

「同じように伸びるのが楽しくて仕方ないって感じで食べてくれたんだよ。白くて、とろとろ！　って喜びながらな。あれは記憶に残る白くてとろとろって感じだった」

「記憶に残る白くてとろとろって何かしら？」

「気持ちは分かります！　最初は驚いたけど、でも楽しいもん、これ！」

「何よりだよ」

バッカスは、人に食べて貰う以上は、食べる相手に喜んで欲しいと考えてしまう。

美味しい、楽しいと言ってもらえるのは料理人冥利に尽きる。本職は料理人ではなく魔剣技師ではあるのだが。

「まぁ記憶に残ってる理由としては、そいつが初めて笑ったのを見たのがその瞬間だったってのもあるけどな」

「笑わない人だったのね」

「笑わないというよりも、絶望していた、に近いかもな」

思い出しながら、バッカスは苦笑する。

「当時のそいつは今のミーティと同じくらいの歳だったとは思うんだが、初めて会ったときのクリスよりもヒドかった。絶望と疑心暗鬼の塊で、俺と悪友二人で拾ったモノの、傷の手当てもロクにさせて貰えない有様でな」

「ピザトーストで心を開いて貰ったの？」

「空腹にはあらがえなかったんだろうな。どうしても毒殺を疑うなら最初から最後まで俺の側で見てろって言ったら、真剣な顔して俺が料理するのを見てたぜ」

ピザトーストを食べたのがキッカケか、あるいは別の要因があったのか。ともあれ、それによって多少の心を開いて貰えたので、何とか手当をすることができた。

最近、そいつと会ってはいないが、ふつうに元気でやっているはずである。

「今、その人はどこに？」

「ん？　行くあてても仕事もないって言ってたから、ちょうど人材を募集してたダーキィ・ジョン魔術学校の教師として放り込んだ」

「え？　うちの学校の先生なのッ!?」

話の中に出てきた人物が、急に身近にいると分かったからか、ミーティが目を丸くして驚く。

「辞めたとは聞いてないから、まだやってるんじゃね？　知らんけど」

「無責任ねぇ」

「そうか？　悪友と一緒に住むところと仕事まで用意してやったんだがな？」

「そう聞くと、無責任ではないわね」

そいつの経歴や、名前なんかの偽装とカバーストーリーの作成は、そいつと悪友とバッカスの三人で大いに盛り上がったという話は伏せておく。

途中からただの悪ノリと化して、ロクなカバーストーリーにならなかったので、いったん全部没にして考え直したのも良い思い出だ。

「それに、単に最近会ってないだけで、最初のころはちょくちょくうちにピザトーストをねだりに来てたんだよ」

「新しい生活に慣れるまでは、どうしても知り合いと一緒にいたいモノだもの」

「……お前もか？」

何でも屋《ショルディナー》として生活するつもりだそうだが、仕事以外の時はほとんどバッカスのところに来てそうな気配がある。

バッカスがからかい半分に訊ねると、クリスは少し真面目な顔をしてうなずいた。

「そうね。そうかもしれないわ。あなたや身内以外の男性と一緒にいるのは、まだ少し怖いのよ」

「……そうかよ」

何とも反応を返しづらい答えを口にされ、バッカスはぶっきらぼうに答える。

それを見ていたミーティが思わずツッコミを入れた。

「バッカスさんって自爆趣味でもあります？」

「どういう趣味だそりゃ？　つかどうしてそう思った？」

「え？　なんかクリスさんとやりとりしてる姿を見たら何となく」

「………………」

思い返すと確かにそうかもしれない――と、バッカス自身もそう思ってしまったので、言葉が出ない。

バッカスは誤魔化すように息を吐くと、二人に訊ねる。

「ところで、ピザトーストのおかわりは？」

「いただくわ」

「わたしも！」

「それじゃあ、追加で焼きますかね」

バッカスは立ち上がり、追加のピザトーストを焼く為の準備をする。

「あ、スープもおかわり頂ける?」

「わたしもー!」

「あいよ」

結局、二人は鍋の中のスープを飲み尽くし、満足ゆくまでピザトーストをお代わりするのだった。

●○●○●

辺境の領地ミガイノーヤ領の領都ケミノーサ。その町にあるダーギィ・ジョン魔術学校。

魔術士や魔導具師を中心に育成するこの学校のとある教室で、顔を上気させどこか色っぽい様子を見せる少女がいた。

「はぁ……熱々のとろとろがいっぱいかけられて……すごかったなぁ……」

何かを思い出し恍惚とした表情を浮かべているその友人を見ながら、ルナサ・シークグリッサは思った。

(この子、大丈夫かしら……?)

濃い青色の髪の下で、意志の強さを示すように大きく輝く緑色の瞳を胡乱げに歪めながら、ルナサは首を傾げる。

友人——ミーティ・アーシジーオの言動と表情から何を想像したのか、教室内の男子どもがもぞもぞしているのが、何となく嫌な予感がしてならない。

「ミーティ。ちょっと危ない顔してるよ」

「ハッ!?」

声を掛けると正気を取り戻したらしく、口の端から垂れはじめていた涎を慌てて拭った。

「どうしたの？　今日はずっと様子がおかしいけど」

「いやぁ……実は昨日、物凄い体験をさせてもらっちゃって」

そういうミーティの表情が、またも恍惚に変わっていく。

「すごい魔導具があって……そこに入れるととろけて……あつあつとろとろで……糸引くように伸びて……」

何を言っているのか分からないのだが、ますます教室内の男子の様子がおかしくなっていくので、ルナサは友人の脳天にとりあえず手刀を落とした。

「痛ッ」

実際はそこまで力を込めてないので痛いわけはないのだろうが、ミーティは叩かれた部分を押さえて恨みがましい視線を向けてくる。

「ミーティが回想に耽《ふけ》る度に、男子の様子がおかしくなってくから、ちょっと落ち着きなさい」

「だってすごかったんだよ？　改造されてすごい便利になってる魔導コンロに、冷蔵箱を筆頭とした最新の魔導家具の数々……。色とりどりの魔宝石と、それらを使って作られた色んな魔剣……」

「どこで見てきたのか知らないけど、ミーティが興奮するモノがいっぱいあったワケね」

思い出しても興奮するくらいすごい魔導具の数々を見せてもらったのだろう。

だが、興奮は興奮でも、あの恍惚とした顔はどこから出てくるのだろうかが分からない。

「そして最新の魔導具を使って……ふふ、ふふふふ……。はしたないって分かってても、また頼みたくなっちゃうなぁ……」

はしたない――というフレーズに、ルナサがピクりと反応する。

その魔導具を見せてもらう時に、何かいかがわしいことでもされたのだろうか。

ただされただけではなく、例えば所有すら禁止されている隷属装飾と呼ばれる魔導具の類を無理矢理に付けられたりしてないだろうか。

（……そ、そう言えば……うっかり入っちゃった本屋の子供立ち入り禁止ってコーナーに、胸の先に何かアクセサリをつけて、はしたない顔をした裸の女性の絵が……もしかして、ミーティもそこに隷属装飾とか付けられたりしてない？）

一度、そう考えてしまうと、思考がそちらに引っ張られてしまう。

「ミ、ミーティ……変なコトされたりしてないよね？　変わったアクセサリ型の魔導具とか、身につけたりとか……」

「ん？　変なコトはされてないけど……ふふふ、銀属性の腕輪なら、付けさせてもらったよ？　値段聞いたら怖くてすぐに返しちゃったけど」

「怖くて……ッ!?」

もしかして、それが所有も製造も禁止されているような装飾品だったのではないだろうか。

あの手の魔導具は本来身につけている間のみ効果を発揮するものなのだが、独自に改造したり最先端の魔導具を見せてもらったりしていたというのだ。案外、一度身に付けただけで永続的に影響を与える魔導具だったりするのかもしれない。

きっと、ミーティはそれを無意識に感じ取ってすぐに返したのかもしれないが――

（その影響を、僅かに受けちゃってるんじゃ……ッ！）

だが、一切の確証がない。ここで騒ぎ立てるのも、楽しんできたと思われるミーティに失礼だと思うのだ。

「ご一緒させてもらったお姉さんも素敵な人だったなぁ……大人って感じ」

「大人！」

つまり、大人になるための階段だとかなにやらかにやらみたいな感じのことでもしてしまったのだろうか。

「……ルナサ、さっきから単語の拾い方おかしくない？」

「気のせいよ」

そう、気のせいだ。

どうにも変な方向に思考が向いてしまっている。本屋で見た光景は忘れた方がいい気がする。

大きく深呼吸して、変な妄想を頭の外へ追い出そうとした時、ルナサにとって聞き逃せない名前を、ミーティが口にした。

「とにもかくにも、すごかったんだよ。バッカスさんの工房ってッ！」

瞬間、頭の中から追い出した妄想が全速力で引き返してくる。

それどころか、親友はバッカスからそういう目に遭わされたのだという思考と、ルナサ自身がバッカスのことを嫌いだという思考が、結びついた。結びついてしまった。

「くッ、あの男――よくも、わたしのミーティをッ!!」

「え？」

ギラギラと瞳に炎を灯して、ルナサはイスから立ち上がる。

「許さないんだからぁぁぁぁぁ――……ッ!!」

メラメラという炎を背負ったルナサは、そう叫びながら、教室を飛び出していくのだった。

「あー……そろそろ午後の授業の時間なんだけど……シークグリッサは、どこへ向かって走り去っていったのかな？」

入れ替わりで教室に入ってきた頼りない風体の教師は困り顔を浮かべている。

それを見て、ミーティは嘆息しながら答えた。

「持ち前のダメな思い込みを発揮しちゃったみたいです」

「……そっか。次の授業までに戻ってくると思う？」

「さぁ？」

何がルナサに火を付けたのかは分からないが、ああなると落ち着くまでしばらくかかるというのは、二年程度の付き合いの中でミーティは知っていた。

「でも、今日はもうダメかもしれません」

「……そうか」

頼りない風体の教師はどこか諦めたように答えると、何事も無かったかのように、授業の開始を告げるのだった。

●○●○●

「何気なく使ってはいるけれど、考えてみれば魔導具についてよく知らないのよね、私」

昨日の一件でバッカスのところで昼食を取ることに味をしめ、今日もまた遊びに来ているクリスの言葉に、バッカスは「ふむ……」と小さく呟き、やや思案する。

仕事の邪魔をするようなタイプではないので、とりあえず今後クリスが毎日来ようと気にしない方向で決めたバッカスである。

そのうち書類仕事とか手伝わせよう――などと、少しだけ考えているのはナイショだ。

「魔力《カラー》を自由に扱う術を持たない人でも、魔導輪《パレットリング》を身につけておくことで、自由に扱えるようになる便利な道具程度の認識でも問題はないぞ？」

「一般的にはそれでいいかもしれないけれど、教養として知っておきたいのよ」

「教養ねぇ……ま、触りだけだぞ。とっかかりにして、あとは自分で調べてくれ」

そう前置いて、バッカスは魔導具について、軽く説明を始めた。


二百年ほど前。

この世界に新たなる技術として、魔導工学というものが提唱された。

神が生み出せし奇跡の道具――神具《アーティファクト》。

魔導工学は、それを模した道具を作り出す為に生み出された、神に頼らない人間だけの独自技術である。

その技術を用いて作られた道具は《魔導具》と呼称され、この世界には欠かせない人々の生活を支える技術となっている。

魔力《カラー》が結晶化した物質である《魔宝石》を用いて、魔力《カラー》を操る術を持たない人々にも容易に魔術めいた効果をもたらすというものだ。

だが、魔導具に頼ることを覚えた人間は、時代を重ねることに魔力《カラー》を操る術を徐々に衰えさせていく。その為、魔導具すらまともに操れない人が増えてきた。

それを補助をする役目を持った、指輪を主とした魔導具――魔導輪《パレットリング》が開発されたのが五十年前。実用化され平民にまで普及したのが、二十年前である。

魔導具を形作るのは、燃料と属性定義を担う魔宝石。

動作の指定する——前世で言うところのマザーボード的な——主基板《エニアムドローブ》と、それを補佐する副基板《ブスドローブ》。

それらを内包する、様々な素材を組み合わせて作り出されるガワ——導体《メーチ》。

これら組み合わせて作り上げるのが、魔導具だ。

組み合わせると言えば簡単そうにも見えるが、ここに魔宝石や素材、そして術式などの属性や相性などが複雑に絡み合っていくので、言葉ほど簡単に作れるものではない。


余談だが、バッカスが主に作っている魔剣とは、魔導技術を用いて作られた武具全般を指す言葉だ。

なので、剣だけでなく、槍や斧は言うに及ばず、弓矢や盾、鎧に腕輪に靴なども武具として作られた魔導具であるならば魔剣である。

そして、バッカスが目指している憧れの武器——神剣とは、武具として作られた神　具《アーティファクト》のことだ。

魔剣同様に、神剣と呼ばれてはいるが、別に剣である必要はない。

さらに付け加えるのであれば、バッカスが目指している頂とは、幼い時に見た長身の男性よりも刀身の長かった巨大な神剣。あれだ。

その為、バッカスが作成するのは主に刀剣型の魔剣となっている。


「——とまぁザクっとこんなんでどうだ？」

「魔導輪《パレットリング》って、思ってたよりも最近になって普及したものなのね。当たり前のように身に付けてたから気にしてなかったけど」

自分の左手首に付けている腕輪に目を落としながら口にするクリス。

それに、実はそうなんだよ——と相づちを打って、バッカスは補足するように説明を口にする。

「普及の背景には、安全装置としての側面もあるんだ。改良が重ねられていくうちに、どんどん必要な魔力《カラー》操作が簡単になっていった。やがて、あまりにも簡単になりすぎた。ある程度、魔力《カラー》を操れる魔術士なんかは、魔宝石に触れなくても操作が出来るくらいにな」

「なるほど。魔導コンロとかが遠隔操作で火を灯されたりしたら危険よね」

「そういうコトだな。そこで、魔導輪《パレットリング》が脚光を浴びることになったワケだ」

指輪ないし腕輪の形をした魔導輪《パレットリング》は、魔宝石に近づけることで起動。持ち主の魔力《カラー》制御を補佐し、魔導具を動かしてくれる機能を持ったものだ。

魔導輪《パレットリング》と魔導具のその関係は、鍵と扉のようだと注目された。

研究と研鑽の結果、それぞれに、ささやかな術式が書き込まれ、今の形の雛形が生まれたのだ。

「そのささやかな術式——同期反応術式っていうんだが——それ同士が反応し合った時だけ、魔導具が起動するってな具合になったのさ。だから今現在、一般に普及してる魔導具は、どれだけ高位の術者であっても遠隔操作なんてのはまず無理だ」

「一般に普及してないものは？」

「その限りじゃないな。うちの改造コンロなんかは、その制御術式はむしろ剥がしてあるし」

「大丈夫なの？」

「問題ないぞ。何せ、ほかの魔導コンロに比べて色々複雑だ。何も知らない奴が遠隔で操作できるような単純なモンじゃなくなってるんだよ」

基本的にスイッチのオン・オフがメイン操作となっているのが魔導具なのだが、バッカスが自分用にカスタムしているものの多くは、地球基準で、出力調整機能を筆頭に様々なオプション機能がついている。

わかりやすく出力調整のつまみを付けてあるものもあれば、魔力《カラー》で操作すること前提で調整できるようにしてあるものなどもあるくらいだ。

ちなみにコンロは前者であり、魔剣などは主に後者。

「もちろん、依頼を受けて制作する場合は同期反応術式は組み込むぞ。組み込まないのは自分で自分用に作る時だけだ」

告げて、片目を瞑るという似合わない仕草をするバッカスに、クリスが小さく吹き出す。

そんなタイミングに、工房の入り口のドアが勢いよく開かれた。

「頼もォォォォ――――……ぅッ‼」

そして勢いよく開け放たれたドアから、青髪の少女が、鮮やかな翡翠色の双眸を爛々と輝かせながら吊り上げて、元気よく飛び込んできたのだった。


ルナサ・シークグリッサが勢いのままにバッカス工房の入り口のドアを開くと、そこにはバッカスだけでなく、綺麗な女性も一緒にいた。

肝心のバッカスは何やら作業をしているようで、女性はそれを見守っているようだ。

そこから思うに――

（来客対応中……⁉　やらかしたかもッ⁉）

そもそも、勢いよく扉を開けて「頼もう！」などと飛び込んで行っている時点で来客があろうがなかろうがやらかしているのだが、冷静さを欠いている彼女は気づかない。

「何やら元気なお客さんが来たみたいよ?」

「客?　どう見ても道場破りの類だろ。あれ」

面白いものでも見たかのようにクスクスと笑う女性に、工房主のバッカスはルナサへと半眼を向けてうめく。

「どこと間違えたのか知らないが、ここは魔剣工房だ。道場とは違うから、破りたいなら余所へあたってくれ」

「用があるのはここで間違ってないわよ」

しっしと手を振るバッカスに、ルナサは犬歯を剥いて応える。

間にいる女性は「あらあら」とでも言うような面もちで、愉しそうに様子を見ていた。

「……うちにある破れるモンなんて、書き損じた設計図か、家のポストに入ってた怪しい広告チラシくらいしかないぞ?」

「いや別に何か破きたいワケじゃないから!」

「破かないからって遠慮しなくていいぞ。このチラシ、路地裏に新しい幻夢館《げんむかん》が出来るらしくてそれの幻娼《げんしょう》募集って奴だからさ」

「さ、最低なモン寄越そうとしないでッ!」

「職業差別は関心しないぞー……。それはそれとしてウチは工房は工房だが看板は出してないんだけどよ」

「いらないわよ。工房の看板なんて!」

真顔で紙切れを取り出したバッカスに、そういうのは求めてはいないから――と、ルナサはこめかみを押さえる。

その直後――

「なら、何の用なんだ？」

ふざけた雰囲気から一転、剣呑な空気を纏って目を眇《すが》めてきた。

ルナサはその雰囲気に飲まれて、無意識に身体を震わせる。

言葉を返そうとするのに、うまく舌が回らず立ち尽くしてしまう。

そんな様子を見るに見かねたのか、女性が窘めるように、バッカスへと声を掛けた。

「あまり幼気《いたいけ》な女の子を脅かすものじゃないわよ」

「『頼もう』とか叫んで、勢い良く姿を見せてくるガキが幼気であるかどうかの議論が必要だと思わないか？」

「幼気じゃない。後先を考えない勢いだけの行動ができるのは若いうちだけよ？」

「俺からすればお前も若いうちに入るんだがなぁ……」

「ありがとう。良かったらそんな若い私をお嫁にもらってくれない？」

「断る――というか婚約破棄されたばっかりだろ？　簡単にネタにしていいのか？」

「自虐ネタにでもして昇華しちゃった方が、気持ちがスッキリするかもと思ったんだけど」

「苦笑でも嘲笑でもいいから自分で笑い飛ばせるだけ気持ちの整理がついてからやるんだよ、自虐ネタってのは。シンドそうな顔して嘯くくらいならしばらくは使うな」

「……はい」

まったく――と、バッカスは嘆息して、改めてこちらに視線を向けてきた。

「さて、そろそろ落ち着いたか？　落ち着いたのなら、何の用があって訪ねてきたのか、いい加減教えて欲しいんだがな」

どこか気怠げに、バッカスが訊ねてくる。

今度はさっきのような怖さを感じないので、普通に対応してくれているのだろう。

そのことに安堵し掛けた自分に発破を掛けて、ルナサはキッと眦《まなじり》を吊り上げ、バッカスを睨んだ。

「わ、わたしの友人にッ、昨日……変なコトをしたでしょうッ！」

ビシっと指を突きつけるルナサ。

それに、露骨に顔をしかめるバッカス。

横にいた女性は、「まぁそうなの？」とわざとらしい顔を浮かべた。

「お前の友達……？」

誰だか分からないのか、バッカスは首を傾げる。

「ミーティちゃんのコトじゃないかしら？」

「ああ！」

女性の言葉に合点がいったのか、バッカスはポンと手を打ち、それから改めて首を傾げた。

「俺、アイツになんか変なコトしたか？」

「してないと思うわ。まぁ私の見てないとこでしてたら分からないけど」

「お前の見てない時間の方が少なかったろ、昨日は」

「それもそうねぇ」

二人は顔を見合わせて、こてりと首を傾げあう。

「で、でも……はしたなく欲しがりたくなっちゃうとか……。白いとろとろしたのがどうとか……なんか口走ってて、クラスメイトの男子たちがなんか……もぞもぞしてたし……」

ルナサはモジモジとした様子で、それでもハッキリと口にする。

その必死に口にした言葉に対し、バッカスはすこぶる呆れたような様子で肩を竦めた。

「とんだ耳年増だなお前は」

「で、でも……そうやって言葉にされると、少し……いやらしいわね……」

「お前もか」

「誤解を招くくらいなら、女性も顔を真っ赤にしている。

　バッカスの横で、女性も顔を真っ赤にしている。

「誤解を招くくらいなら、幸福でも招いてくれ……ったく」

　うんざりとした様子でバッカスが嘆息すると、ルナサよりも先に立ち直れたらしい女性が微笑む。

「今日は、二人分の支払いをさせてくれるかしら？」

「うちは食堂じゃねぇんだけど？」

「いいじゃない。誤解は解いておいた方がいいわよ」

「その心は？」

「昨日のピザトースト。美味しかったから」

「はいはい」

　面倒くさそうに相づちを打ってバッカスは立ち上がる。

「そいつ、ちゃんと連れて来いよ」

「ええ、もちろん」

　何やら自分の預かり知らぬところで会話が進んでいることに呆然としていると、ルナサの横をバッカスは通り過ぎて、外に出ていった。

　音を聞いていると、建物の外の階段を上っていったようだ。

「さぁ、貴女も行きましょう？」

「行くって……」

「彼の住居よ?」

「ええッ!?」

「昨日と同じモノが見られるかは分からないけれど、お友達が見たものが気になってるんでしょう？」

「ええーッ!?」

「彼の住居よ？」

「行くって……」

「まぁ、そうですけど」

「なら行きましょう。損はさせないから」

「そう言われても……」

ルナサが渋っていると、女性はこちらの手を取って歩き出す。

「え、ちょ、待って……！」

一見、華奢に見える彼女からは想像もできないような力強さで、腕を引かれる。

そのことに戸惑っていると、女性は華やいだ笑顔をルナサに向けて、問いかけてきた。

「私、クリス・ルナルティア。貴女は？」

「えっと……ルナサ……ルナサ・シークグリッサです」

「そう。ルナサちゃんね。よろしく。あと、階段気をつけてね」

「いや、あの……」

ルナサがそうしてまごまごしているうちに、クリスは腕を引いてどんどんと階段を上っていく。

「さぁて、今日のランチはなにかしら～♪」

「え？　ランチ……？」

「まぁピザトーストだと思うのだけれど」

「ピザトースト？」

そうして、ルナサが困惑しているうちに、バッカスの住居とやらにたどり着いたらしい。

クリスは勝手知ったる我が家とばかりに入っていくので、手を引かれているルナサも逃げ出せないまま、中へと招き入れられるのだった。


薄切りしたダエルブの上にバッカス自家製のベーコンと、ピーマン似の野菜《レプ・レペップ》、トマト似の野菜《オタモーツ》を乗せ、美食王国の二つ名を持つ国、ニーダング王国からわざわざ取り寄せたという刻みチーズをたっぷり乗せ、トドメにバッカス謹製のモッツァレラなるチーズまで乗せて焼き上げた贅沢なピザトースト。

それを食べ終えたルナサはテーブルに手を突き、愕然としている。

「白くて……とろとろしたものが……美味しかった……」

「旨かったなら旨かったなりの顔をしてくれ。なんでショック受けてんだお前」

「純粋に勘違いで暴走しちゃった自分を反省しているんじゃないかしら？」

「クリスさん冷静に分析しないでください」

「あらあら」

どうやらクリスの言葉は図星だったらしい。

「八つ当たりだと分かってても、暴れたい……」

「暴れてもいいけど、貴女……支払いできるの？」

「はい？」

穴があったら入りたいとでも言うかのように呻《うめ》く少女に、少しだけ真顔になった大人の女性が告げる。

「だってこの部屋に無造作に置いてる魔導具の数々……どれもこれも、とある魔導技師が作り上げた超が付くほど高性能な一点モノばかりなのよ？　貴族はおろか、王族でさえ購入を躊躇う価格のモノすら、無造作においてあるらしいわ」

「うぇ!?」

ルナサの口から、思わず変な声が出る。

「乙女が出していい声じゃないわね」

「いやだって……じゃあ、この部屋……」

「ええ。魔導技師にとっては夢の国よね」

慌てて部屋を見渡すルナサだが、多少広さのある家賃高めのアパートの一室にしか見えない。

一般的な男の一人暮らしの部屋というものをルナサは知らないのだが、それでも、見た目だけで言えば、ふつうに暮らしている人の家と変わらないように見えるのだが――

「ミーティちゃん。ランチのあとですごい興奮して部屋中走り回ってたわよ」

「ああ、うん。目に浮かぶ」

自分には分からないが、魔導技師志望のミーティが興奮していたというのであれば、本当にこの部屋は宝の山なのだろう。

ルナサからしてみると、なにがなんだかまったく分からなくて落ち着かないのだが。

「高性能なのは認めはするんだがどれもこれもピーキーな調整してあってな。現状、俺以外にまともに使えるヤツはいないんだよなぁ……」

「それって売り物になるの？」

「ならん」

バッカスに即答され、ルナサは困ったように続ける。

「えーっと、じゃあどうしてそんなものがあるの？」

「強いて言や、俺が欲しかったから、だな。自分で料理をするにあたって、こういう機能が欲しい。カユいところに手を届かせたい――そんな感じで、調整・改造していったらこうなった」

「ん？　ちょっと待って。この部屋にあるものを造ったとある魔導技師って？」

「俺」

バッカスが投げやりに答えると、ルナサは何度も目を瞬かせた。

イマイチ言葉の意味が理解できていない。

たっぷりと時間を掛けて言葉を反芻していたルナサは、ようやく理解に至り、改めて質問をした。

「そのうち一般用に出回るの？」

「その必要性は感じないな」

「造ったのに？」

「自分用だって言っただろ？

どうしても欲しけりゃ、海の向こうにある美食の国から輸入すりゃいい。あの美食王国には俺が考えるような調理系魔導具がいっぱいあるぞ」

実際のところ、それらを輸送費込みで個人購入しようとすると、王都の貴族街に家が建てられそうなくらいの価格になるので、バッカスは自分で造ることにしたそうだ。

あの国は、魔導具にしろ調味料にしろ国内には安く、国外にはべらぼうに高く販売するから困ったものである――とバッカスはぼやく。

とはいえ――美食王国だの美食大国だのと呼ばれるだけあって、かの国は食と食に関する魔導具が世界の最先端を行っていると言っても過言ではないらしい。

そういう意味では、どうしても欲しけりゃ輸入しろというのがバッカスの言い分である。

「でも優秀な魔導技師なら、一般のために便利なモノを開発して普及させるべきなんじゃないの？」

なるほど。言い分は分からなくない——と、バッカスは小さくうなずいてから、真顔で訊ねた。

「それをやって、俺に何の得がある？」

「え？」

ポカンと、ルナサはみっともなく口を開けたまま固まった。

バッカスが何を言ったのか、またもや理解できなかったのだ。

そんな少女のことを放っておくことにしたクリスは、バッカスに言った。

「設計図売ったり、開発者契約すれば、お金が入るわよ？」

「知ってる。多少はそうやって稼いでるからな。だから生活する分には困ってない。それにどうせ俺以外のヤツが広めるだろ？　ニーダングじゃ、多少金を持ってる庶民にまで普及しているワケだしな」

「でもこの大陸じゃまだまだ新しい魔導具なのは間違いないでしょう？」

クリスも気になっているようで、食い下がるように聞く。

横では立ち直ったらしいルナサも興味津々の顔をした。

バッカスはそんな二人の顔を見ながら、これ見よがしに嘆息し、答える。

「新しい魔導具ってところを否定はせんが、開発者契約の手続きってのは面倒なんだよ。それに……自分だけが使う分には刻む術式をかなり省略できるし、術式が省略できれば、材料は質も量も落とせる。必要な魔宝石の品質が低くても問題ない。自前の魔力《カラー》と魔力《カラー》制御で補える部分が多々あるからな。

だが、一般用に造るとなると魔導輪《パレットリング》に対応させる必要もでてくる。それを組み込むとなると、刻み込む術式も、必要な素材も、実験の回数も跳ね上がる。今みたいに気楽な改造、気楽な開発とはいかねぇ。コスト面で言っても、開発難易度で考えても――正直言って、道楽で造るのとはワケが違ってくるから面倒くさい」

上手く行かなければ、素材費もかかった時間も無駄になるのだ。

よしんば上手く開発できたとしても、今度は開発者契約が上手くいくかどうか――そして、開発した魔導具が一般的に普及して売れてくれるかどうかという問題もある。

開発者契約成立の時点でそれなりの額のお金は入ってくるが、それ以降も金が入ってくるようになるのは、その作品をベースに商品が開発され、量産されるようになってからだ。

逆に言えば、量産のめどもなく、以後設計図などが使われることがなくなれば、収入は途絶える。

定期収入化したとしても、三年から十年の間で契約が切れる。契約が切れれば当然、収入も無くなる。それで真面目に生計を立てていこうとすると、難しいのは間違いない。

「あらあら。なるほどねぇ……確かに収支の話までされちゃうと何も言えないわ」

クリスは商人的な知見はなくとも、そこは貴族。

親も叔父も領地持ちの貴族なのだから、彼女も必要最低限の領主教育は受けているのだろう。

だからこそ、分野は違えど、想像はできる。

資金と、材料や実験のコスト、そして時間のコスト――それらを巡る話をすんなり受け入れられた。

だが――この世界では平均的な庶民でしかないルナサにはそれが納得できなかったようである。

「でも、腕のある職人は人々の為、誇りと拘りをもって、孤高に導具を作り続けるモノじゃなの？」

「そりゃ職人に夢を持ちすぎだな。そういうヤツもいるにはいるが、職人は商人と隣り合わせだ。そういうコダワリ派で名のある職人には、必ず金勘定が得意な隣人がいるもんさ」

そうでなければ、そもそも生活が成り立たないだろう。

中には強いコダワリを持ち、客を選び、金勘定ができないのに、ちゃんと収入を得て生活している職人もいるだろうが、そんなものは一握りよりも少ないことは間違いない。

「ち、チカラある人はそれを、チカラ無き者の為に振るう義務と責任があるでしょ？」

戸惑ったように、だけど力強くルナサがそれを口にすると、バッカスは皮肉げに笑って、クリスを見た。

「だってよ」

「あらあら。耳が痛いわねぇ」

それにはクリスも苦い笑みを返す。

そんな二人のやりとりを見ていたルナサの胸中には、何とも納得のできない感情がわき上がる。

「次期《朝色の騎士》《タインク・グーニンローム》の候補に挙がってんだろ？」

「あらあら——本当に、どこからそういう情報を仕入れてくるのかしら？」

クリスが目を眇め、僅かに空気が張り詰める。

視線を向けられているバッカスはへらへらとしており緊張感がない。

やがて、クリスの放つ空気は長い時間は経たずに霧散した。

バッカスに対して睨んだところで無駄だと判断したのだろう。

そのやりとりの中、ルナサはずっと目を見開いてクリスを見ていた。

朝色の騎士《タインク・グーニンローム》。その言葉のすごさを、ルナサも知っていたからだ。

「ちなみに何色だ？」

「白朝《はくちょう》よ」

「予想通りすぎてつまらん」

「悪かったわね」

この国――ヤーカザイ王国騎士の誉れとも言われる特殊な隊、重なり合う彩輪剣《ツイン・ホイーラーズ》。

朝色の騎士《タインク・グーニンローム》五人と、《夜色の騎士《タインク・タインダイム》》五人の計十人からなる部隊で、一般的には選ばれし十騎士と呼ばれて、英雄視されている。

そして十騎士たちは、朝と夜――それぞれに、五彩神《ゴズホイール》になぞらえた五色のどれかを与えられることになる。

朝の赤騎士、白騎士、青騎士、黒騎士、緑騎士。

夜の赤騎士、白騎士、青騎士、黒騎士、緑騎士。

クリスの言う白朝とは、朝の白騎士を表す言葉だ。

それは、ヤーカザイ王国騎士の最高峰とされる者の肩書きの一つであることは間違いない。

しかもそれは肩書きだけでなく、実力や人格も加味されるというのだから、次期候補に選出されるだけで誉れと言えるだろう。それだけ、国からも騎士団からも信用されているという証左なのだから。

完全な余談だし、表向きには公表されていない話だが、朝の騎士には実力よりも人格を、夜の騎士には人格よりも実力が優先されて選出される。もちろん、最低限の礼儀と人格、そして実力を持っていることは、どちらであっても最低条件ではあるのだが。

「そんな人が、なんでこんな冴えない魔導技師の工房に入り浸ってるんですか？」

冴えなくて悪かったな――と口を尖らせるバッカスを無視して、クリスはルナサに笑顔を向ける。

「だって私、騎士団辞めちゃったんだもの」

「は？」

一瞬、開いた口がふさがらないという顔をしてから、直後にルナサは表情が抜け落ちるのだった。

●○●○●

勢いのままバッカスの家を飛び出し、あてもないまま噴水広場にやってきたルナサが、ぼんやりと呟く。

「あー……ごちそうさまとも言わずに出てきちゃったな……」

国境にほど近い辺境の地ミガイノーヤ領の領都ケミノーサは、麦酒《ミルツエール》の街という印象が強い街だ。

実際、麦の栽培には力を入れているし、お酒に限らず麦の加工品が強い街というのは間違いない。

とはいえ、やはりお酒が有名だ。それを求めてやってくる観光客が多い。麦の生産以外では観光客で稼いでいる街とも言えるだろう。

だからこそ、景観や居心地の良さなどを重視した街づくりになっている。

故に、観光客向けのスポットなども多数存在していた。

今ルナサがいる噴水広場も、昔は無かったそうで、作られたのは比較的最近なんだそうだ。

魔導具を複数組み合わせて水を噴出、循環させる。その噴出のパターンを複数作り、時間とともに変遷させていくことで、様々な表情を見せてくれる。

一般人から見れば、ただすごいな～綺麗だな～という感想になるが、ルナサの友人であるミーティからすると、超絶技術の組み合わせによる奇跡のような噴水なんだそうだ。

興味がないので、何がすごいのかはよく分からないけど、この噴水は街の人の憩いの場所になっているようだし、観光客からも評判も良い。

広場には屋台が出ていて、串料理やサンドイッチのような食べ物はもちろん、当たり前のように麦酒《ミルツエール》を売っている。

ちなみに最近は、煎った麦を煮出して作る麦茶《ミルツテイレ》というものが流行り初めていて、エール屋台では一緒に置いてあることも多い。

酒精を含まないこのお茶は、サッパリしていながら甘く香ばしい風味がする為、大人から子供まで好んで飲まれる。

ルナサは、エール屋台でそれを購入し、噴水の見える木陰に設置されたベンチに腰をかけた。

噴水によって作られた広場。そこに人が集まり、集まった人に向けて屋台が出る。

すごい技術《チカラ》を持った人が作った噴水によって、チカラを持たない人が幸せになる。

ルナサにとって、この光景こそがチカラある者の責任によって築かれた光景だと、そう思っていた。

だが——魔剣技師を自称するバッカスや、次期白朝の騎士候補になるほどすごい騎士だった過去を持つクリスと出会って、それが揺らぎだした。

あの二人は、高い能力を持っていながら、その義務と責任を果たしていない。

そのことがどうしても理解できなかった。


——少し、昔のことを思い返す。

ルナサの幼い頃……いまよりも半分くらいの歳の頃だ。

まだ井の中の蛙で、近隣の年上の不良程度にならケンカしても負けなかったルナサがやらかした大失敗を。

チンピラに絡まれていた近所の子供たち。

自分はケンカが強いのだからその子たちを守らなければならない――そう思って、不良なんて足下にも及ばないほど怖いチンピラたちに、同じようにケンカを売ってしまったことがある。

当然、勝てるわけもなく、その時は通りがかりの剣士に助けられたのだ。

恐らくは高貴の出だろうその金髪で整った顔立ちの男は、男の友人だというどこか見窄らしい無精ひげを生やした黒髪の男に、ルナサを助けたことを咎められていた。

『お前ね、行く先々で騒ぎに首突っ込むなよ。お目付役扱いされている俺が怒られるんだよ』

『いいじゃないか。チカラ無き者を助けるは、チカラ有る者の責務だと、みんな言うだろう？　僕には財力も権力も暴力も……その全てがあるんだしね』

その言葉に、幼いルナサは衝撃を受けた。

自分が思っていたこと、考えていたことが言語化されたからだ。

そして衝撃を受けていた為に、その後に続く、友人だという見窄らしい無精ひげの男の言葉を聞いていなかった。

『都合の良い時にだけ、そういうカッコ良さげに聞こえる台詞を吐くんじゃあない。単にチンピラいたぶって憂さ晴らししたかっただけだろうが』

その出来事が幸か不幸かは分からないのだが、ルナサは責任を持ってチカラが振るえる存在になれるようにがんばった。努力した。

今もなお現在進行形で、がんばっている最中である――

一人前の魔術士になって、そのチカラで色んなモノを守りたい。

守る為にはチカラがいるし、チカラを持つからにはチカラ無きものを守る義務がある。

だからこそ、分からない。

バッカスとクリスは義務と責任を果たしていないことに。

（わたしの考え方は、間違っているの……？）

麦茶《ミルッティレ》の入った容器を持つ手にチカラが入り始めた時、自分を呼ぶ中性的な声が聞こえた。

「シークグリッサ」

顔を上げると、そこには見覚えのある男性がいる。

「ナキシーニュ先生」

手入れが全然されてなさそうなくすんだ銀の髪に、頼りなさげな眼差しをする紫の瞳を持つその人物は、ルナサが通うダーギィ・ジョン魔術学校の教師だ。

名前をメシューガ・ナキシーニュという。

ルナサが飛び出した時間の授業を担当していた教師である。

「あ……」

先生の名前を口にしてから、自分が授業をサボってしまったことを思い出した。

「君が思いこみと暴走で授業をサボるのは学校の名物になっているからね」

「ごめんなさい……」

「今日はどうして飛び出したんだい？」

「ええっと……」

ルナサが言葉を選んでいると、「横、いい？」と訊ねられたので、うなずく。

先生が横に座るのを待ってから、ルナサは答えた。

「ミーティが、先日出会った人がすごかったって……恍惚な顔して卑猥っぽいコトを口にしてたから……つい、何かそういう目にあったのかなって……」

「それで、その人のところに？」

「はい……」

しょんぼりと、うなずく。

「会えたの？」

「会えました。そして、あまり食べたコトのない料理を振る舞われました」

「料理？」

「食べた感想としては、だいたいミーティと同じになりました」

先生はそこで苦笑した。

でもそれだけだ。そこでルナサを叱責することも、バカにすることもない。

「誤解が解けて良かったじゃないか。その割には浮かない顔をしているみたいだけど？」

「料理を作ってくれた魔導技師さんと、一緒にいた女性騎士さんは、どちらもすごい人なのに、責任を果たしてないように見えて……」

「責任？」

ルナサの中でも整理しきれていない話だ。口にしながら整理している為、少し分かりづらいかもしれない。

それでも、先生は「何言っているのか分からない」と早々に切ったりせずに、話を聞き出そうとしてくれる。

「チカラを持つものは、チカラ無きものの為に、チカラを振るう責任がある——小さい頃、そんな言葉を聞いてから、ずっと信じてきたんですけど……」

「ああ、なるほど」

先生は一つうなずいてから、少し考える素振りを見せる。

「それは君の持論だと、そう捉えていいかな？」

「持論……持論……？　持論……そうかも、しれません」

「なら答えは簡単だ。それは単に君の持論にすぎない。それを他人に当てはめようとするから矛盾する。それだけの話だよ。君がその言葉を信じ、持論とするのは勝手だけど、その尺度だけで他人を推し測ろうとすれば、測りきれないのはアタリマエじゃないか」

さらりと、そう口にする先生の言葉に理解が付いていかずに、ルナサは目を瞬く。

「君がその言葉とどこで出会い、どうして持論にしようとしたのかは分からない。君にとっては救いの言葉だったり、悩みの壁を壊すキッカケの言葉だったのかもしれない。だけど、その全ては『君にとって』という話に集約されてしまうんだ」

「え、でも……」

「ボクも、君が出会ったという魔導技師さんも、女性騎士さんも、君じゃあないよ――その人たちはその人たちであり、ルナサ・シークグリッサという人間ではないんだ」

先生の言葉を、脳が少しずつ理解していくにつれ、ルナサは俯き、麦茶《ミルツテイレ》の容器を持った手にチカラが籠もる。

「君が君の持論を教えてくれたからね。先生も持論の一つを口にしよう」

そんなルナサを見守るような眼差しで、先生は言った。

「『他人に期待だけして自分で何もしないヤツはいつかその期待や掌を裏返す』だよ」

「…………」

思わず顔を上げて先生を見上げると、普段は頼りなさげな双眸が、ひどく剣呑な光を湛《たた》えていた。

絶望しきったような、全てを諦めたような。あるいは悟りきったようにも見える。

その眼差しは、まだ二十代前半のハズの若い教師がするようなものではなく、世を儚《はかな》み、隠遁した賢者のようにも見えた。

「君の持論に合わせた言い方をするなら、『チカラを持たないコトを理由に、チカラを持たないなりの責任を果たさないヤツは信用できない』かな。チカラを持つ者ばかりに負担を掛け、責任を取らせておきながら、いざ自分たちが何らかの負担や責任を負う状況になれば、そいつらの多くは、チカラ持つ者を悪し様に言うものさ」

「チカラを持たない者にも責任はあるんですか……？」

「あくまでも先生の持論だよ。だけど、守る側ばかりが負担を負って、守られる側に一切の負担がないなんてあり得ないと思わない？　弱者が弱者なりの責任を果たす気がないなら、守ってくれる強者に対して我が侭を言う権利はない。先生はそう考えているよ」

気が付けば、先生の眼差しはいつもの昼行灯のような頼りなさげなものに戻っていた。

だけど、先ほどの光を灯さぬ眼差しが気のせいだったとも思えない。

でも――それよりなにより、先生の話を聞いていると思うことがある。

それは――

「……難しいですね」

――だ。

難しい——と呟く少女に、ナキシーニュは優しく微笑む。

今まで信じてきた持論が矛盾する状況。

それを初めて感じた少女の苦悩。

持論のソリが合わないからといって、見捨てるような先生ではない。

これは彼女の成長の機会だと、先生は考える。

「自分の持論を曲げる必要はないよ。だけど、自分の持論だけで物事を測ったらダメだってコトだけ、今は押さえておけばいい。持論を他者に押しつけたら、それはもう持論じゃなくなる。持論っていうのは、自分の中に持ち続ける理論や理屈——自分の芯や核となる考え方のコトなんだから」

授業をサボったことは頂けない。

だけど、今抱えている彼女の苦悩は、きっと学校の勉強なんかよりもずっと大事なものだろう。

「持論と現実は折り合いを付けていく必要はある。だけどね。鉄火場で迷いが生じた時、あるいは重要な局面で決断を下さないといけない時——そういう場面ではね、案外持論が身を助けるコトもあるんだ。持論を胸に抱いておくのは決して悪いコトじゃないんだよ」

先生は、その手の鉄火場で背後から丸焦げにされた経験があるからこそ、今の持論を得た人間だと自嘲する。

だからこそ、平和的に悩んで考えて、持論と現実との矛盾と向き合って、成長できる機会がある少女を羨ましいと思う。尊いことだと考える。

平和な場所で、平和な時間に、平和的に成長する子供たちを見守る先生という仕事は、天職とは思えずとも、ずっと続けたい大事な仕事だと考えていた。

そんな先生だからこそ、平和を破り、生徒を脅かしかねない状況には敏感だ。

「あれ？　婚約破棄されて廃人になったんじゃないんですかお嬢さまァ？」

「失せろ。今更、あの男の取り巻きと交わす言葉は持ち合わせていない」

噴水の前で、悪意と敵意を満載で口を開く男と、それを嫌悪感しかないという表情で対応している女性のやりとりを見て、先生は目を細めた。

「あれ？　クリスさん？」

「知り合い？」

噴水の前で何やら揉め事っぽい空気を醸し出している男女を見たルナサに、先生が訊ねる。

それに、ルナサはうなずいた。

「あ、はい。今の話に出てきた騎士さんです」

「なるほど」

そう思って先生が観察すれば、確かにあの女性――腕が立つ。

鍛錬をしばらくしていなかった形跡も見てとれるが、それを取り戻すように、最近鍛錬を再開しただろうことが伺えた。

「惚れた男の為に剣まで捨てたってのに、最後に自分が捨てられたら世話がないよなぁ」

貴族の御令嬢らしい彼女に対して、ためらうことなく貶《おとし》めるようなことを口にできる男。身なりからして、彼も貴族なのだろう。

「どうせ壊れたのなら、俺の女にならないか？」

「どうしてあの男も、あの男の取り巻きもこんなに下劣なんだろうな？」

だとすれば貴族同士の言い争い。

いくらこの街が、平民に寛容な貴族が多い街とはいえ、彼のような明らかに余所の貴族ともなれば話は別だ。

それをわかっているからこそ、周囲の者たちも彼らを遠巻きにする。

巻き込まれてはたまらないからだ。

「その下劣な奴の甘い言葉に惑わされて人生めちゃくちゃにされた女がお前だろ？　ならお前は下劣以下ってなぁ……ッ！」

下世話な表情と声で、恐らくは彼女を貶める為だけに、この広場で大きな声を出している。

その醜悪な精神性を持つ男は、先生にとっては唾棄すべき存在だ。

あの手の存在は、鉄火場において一番身体を張っているだろうチカラあるモノを背後から焼き殺す。

「シークグリッサ。いいかい、あの手の輩こそが君の持論とは対極に位置する、本当の意味でチカラに責任を持たない輩で…………って、シークグリッサがいない⁉」

自分の横に座っていた生徒が、手にしていたカップに姿を変えていた――ワケではなく、いつの間にか席を立っていたらしい。その事実に、先生は内心でダラダラと汗を流す。

そして、自分で自分にその焦燥は正しいと心で花丸を描きながら、件の女性の方へと視線を向ければ――

「ちょっと、そこアンタッ！」

「え？　ルナサちゃんッ⁉」

「そういう話はこんな場所で堂々するモンじゃないでしょッ‼」

「なんだ、お前は？」

ビシっと指を突きだし、正論を堂々と口にする。

だが、それが通じるような相手であれば、そもそもこんな広場で堂々と女性の評判を落とすような非常識なマネはすまい。

「ほんとにもう、あの娘ときたら……」

先生は頭を抱えながら立ち上がる。

荒事と暴力は好きではない。だが、幸いなことに、荒事と暴力による解決手段は自身のもっとも得意とするところだ。

やれやれ——と軽い覚悟を決めたところで、ルナサの言葉が響く。

「いくら変な男に引っかかって騎士を辞めたコトが事実であっても、それを広場で大声で言って貶めていい理由にはならないでしょうがッ！」

フォローのようでフォローになっていない言葉を全力で告げるルナサ。

「かはっ」

横で吐血でもしそうなダメージを受けている女性に気づいていないのか、ルナサは指を突きつけたまま男へ告げる。

「そもそも男性に免疫のない女性を、甘い言葉でその気にさせて、都合の良い女に仕立てあげた上で捨てる詐欺なんて吐いて捨てるほどあるけど、そういうのは全部詐欺をする方が悪いもんでしょうがッ！　そりゃあまぁその手の詐欺に対して警戒もせず甘い言葉に引っかかっちゃう女性側もほんのちょっぴりぐらいは悪いかもだけどッ！」

「ごふっ」

横で吐血するように身体を丸めだした女性にまったく気づかずに言い切ったルナサに、指を差されている男は、とりあえず色々考えてから問いかけた。

「あー……なぁ嬢ちゃん。お前はその女を助けにきたのか？　それともトドメを刺しにきたのか？」

「え？　トドメ？」

向かい合っていた彼に言われ、ルナサは横でうずくまっている女性を見、悲鳴をあげた。

「クリスさんッ⁉　どうしましたッ⁉」

それをキミがどうしたと問うのか――と、思わずツッコミを入れたくなりながら、先生はそこへ近づいていく。

「そうね、悪い男に引っかかった私が悪いのよね……」

「しっかりしてくださいクリスさん！　それでもさっき一緒にいた男はその詐欺野郎比べれば何倍もマシなハズですッ！」

「待ってッ！　その誤解を受けそうな言い回しやめてッ！」

「なんだ？　お前、捨てられたばっかだってのに次の男か？　お堅い騎士様も実は尻軽だったのか？」

「ほら誤解されてるッ⁉」

（……なんかグダグダになってきてるなぁ……。割り込む機会を逃《のが》しちゃった気もしてきたし……）

先生が困っていると、そこへ新たな男性の声が割り込んできた。

「お前ら……なんで往来のど真ん中で誤解を拡散するような漫才してんだ？」

「待ってバッカス！　誤解を振りまいてるのはルナサちゃんだけよッ！」

新たに現れた男性――バッカスに、クリスは前のめりにそう口にして、ルナサを示した。それに対して当のルナサは不思議そうに首を傾げた。

「え？　あたし何か誤解を振りまいてた？」

『無自覚ッ!!』

バッカスとクリスだけでなく、男と先生……それどころか野次馬までもが一緒になってツッコミを入れてしまった。

「いや急になんだお前」

そして、男の近くにいながらも一緒になって叫んでしまった先生に対して、男が目を眇めた。

だが、そんな男など完全に無視するのが、バッカスだ。

「ん？　ああ！　メシューガじゃん！　久しぶりじゃねーか！　まだ教師の仕事を続けてんの？」

「おかげさまでね。結構楽しくやらせてもらってるよ。良い職場を紹介してくれてありがとう、バッカス」

「え？　先生、バッカスさんと知り合い……っていうか紹介⁇」

さらに状況がグダついてきたところで、ついに男が叫ぶ。

「結局、テメェら何なんだよッ!!」

思わずギャラリーもそれにうなずきそうになるのだが、バッカスと先生は半眼で男を睨みつけて告げる。

「お前こそ何なんだ？」

「キミこそ何なんだ？」

二人の剣呑な雰囲気に圧され、男は一歩後ずさる。

「どうせあのバカガキの取り巻き風情なんだろうけどな……どうしてお前がクリスを見下せる？　そもそも家格はクリスの方が上だろう。それにお前が金魚のフンみてぇにくっついて回ってるバカガキだって、偉いのはオヤジさんであって、テメェ自身は実績も何にもねぇガキだろうが」

「主人がバカにしていた女だから、取り巻きの自分もバカにして良いなんて思ってこんなコトしてるってコト？　だとしたらどうしようもないな。そもそも家格としては負けてるんでしょ？　じゃあ彼女のお父さんが怒ったらどうなるの？」

「お叱りですめばいいけどな。今回の件がキッカケで派閥争いの天秤が大きく傾いたり、両親や親類が裏で手を回して準備していた何らかの権謀術数がパーになったりする可能性だってあるぜ」

「貴族のそういうところ面倒だと思うけど、貴族として生まれたならそういうのもちゃんと把握して動くべきだよね。それができずに、こんなところまでやってきてわざわざ彼女を貶めるとか、バカじゃないの？」

バッカスと先生、言いたい放題である。

さすがにこれには、男も鼻白んではいられないと、目をつり上がらせる。

「好き勝手いいやがってッ！　テメェらは家格どころか平民だろうがッ！　貴族である俺に対する不敬だろうッ!!」

一見正論である。

だが、この二人はその程度で怯むような柔な人間ではない。

「お前ン家よりも家格が上の家とのコネが複数あるぜ？」

「バッカスのおかげで、多少ボクもコネがあるかな」

そこにクリスも加わってくる。

「そういえば伯父様と仲が良いのよね、バッカス？」

「まぁな。王都に住んでた時、飲み仲間だったたし。あ、クリスのオヤジさんとも何度か飲んだぜ」

「出たよ、バッカスの謎人脈。ボクよりも外面昼行灯なクセに、国王夫妻からも覚えが良いとか意味不明なんだよね」

「学生時代、外面完璧なドラ息子の面倒を見たくもねぇのに見せられてたからな。そのせいで、そいつのご両親から覚えが良くなっただけだよ」

「待ってバッカス。貴方の言うドラ息子って……」

なおルナサは会話についていけずに、微妙に疎外感を覚えているようだ。最初に勇んで飛び込んだのは自分だったのに、バッカスと先生に色々ともっていかれたと思っているのだろう。ちょっぴり不満げで佇んでいる。

そして当事者である男の方は、バッカスと先生の言葉で青ざめ始めていた。

「……で？　貴族だの権力だのがなんだって？　これでも一応、俺は国に貢献してるんだぜ？　何なら国王夫妻から直接依頼《ライフクエスト》を受けて魔導具を作ったコトもある。ロクな貢献もしてねぇで偉そうにしているだけガキと、国を筆頭に色んな貴族からの依頼でそれなりに魔導具納品したりしている俺と、切り捨てられるのって、どっちだと思う？」

バッカスは軽く上体を反らし、相手を下目遣いで見下ろしながら告げた。

（バッカスの有用性を理解している王子殿下がいる限り、目の前の男が切り捨てられるに決まってるけどね。殿下、無能が大嫌いっていうのを公言しているし）

自分にこの仕事を斡旋してくれたのはバッカスと、その時バッカスと一緒にいた王子を思い出しつつ、苦笑する。

その時のことを思えば――――コネがあるといえば、先生にも王子とのコネがあると言えるかもしれない。

王子とバッカスだけは先生の過去を知っている為、その有用性もまた理解していることだろう。

(有用に使われるのは嫌いだけど、有用性があるって面だけは多少表に出しておくべきだと思うしね。本当にダラダラ生きるには、多少の有能さが必要ってコトなんだろうけど……。あー……やだやだ。もうずっとダラダラ教師しながら生きたいのにさぁ……)

そういう考え方は、きっとルナサは嫌いだろうけれど。

今回の騒動をグダグダにさせた張本人たる生徒を見ながら、先生は小さく苦笑する。

「……だ、だが……ッ！　その女が尻軽だっていう情報だけは……」

「誤解だって言ってんだろ。確かにコイツは、よくうちに遊びに来ているけどな」

「だったら」

「最後まで話を聞け。俺がやってんのはカウンセリングだよ。聞き慣れねぇ言葉だとは思うが――まぁ簡単に言やぁ、精神修復のお手伝いってところか。肉体のキズと違って、心のキズってのは放っておいても治るもんじゃねぇからな。話し相手になって、相談相手になって、時々旨いメシ食わせて……そうやって地道に心のキズってやつを治療してやってんだ」

「そうなの？」

驚いたような顔をするクリスに、バッカスは意味深な笑みを浮かべて肩をすくめる。

それは、肯定のようでもあり、否定のようでもある仕草だった。

「その治療をフイにするてぇなら、お前は俺の敵だ。暴力、魔力《カラー》、財力、権力その他諸々のあらゆるチカラを使ってテメェを潰す」

(あ、これは紛れもない本心だ。気に入って懐に入れた相手を守る時には容赦ないんだよなぁ……)

おかげで自分もずいぶん助けてもらったな――と、先生は過去を思い出す。

こうして、完全に分が悪いと悟った男は――

「クッソ！　お前たちの顔は覚えたからなッ！　絶対に後悔させてやるッ！　覚えてやがれッ!!」

「覚えておいてやるから、俺の言葉も覚えておけよ。次にまたケンカ売ってきたなら、そのときはテメェの精神も肉体も魂も……完膚なきまでにボコにすっから。現在過去未来、異世界平行世界……あらゆる世界に存在するお前という存在とその魂に恐怖を焼きつけるくらいにな」

お決まりような台詞を吐いて逃げ出そうとする男。

その男の言葉に被せるように告げられたバッカスの言葉に、男はビビりながら逃げていった。

そんな逃げる男のことなど気にもせず、先生はバッカスに声を掛ける。

「あのさ、バッカス。せっかく会えたし、ちょっと頼みがあるんだけど」

「内容にもよるな」

「一つが、白くてとろとろのアレが食べたいっていうのなんだけど」

「まぁそれくらいなら構わんが……ほかにもあるのか？」

「うん。そっちが本題。あのさ――」

バッカスもバッカスで、今し方の男と口論していた様子など微塵も見せず、久々に遭遇した知り合いに、友好的なシニカルスマイルを向けるのだった。

●○●○●

ダーギィ・ジョン魔術学校。

伝説の魔術師の名を冠するこの学校は、ここの領主肝いりで建設された学校だ。

魔導工学によって大きな恩恵を得ている現代社会において、魔術に関する事柄に触れることなく大人になるのは不利益が多すぎる――という理由から、領主が建てたものである。

すでに魔導工学技術は貴族だけのモノではなく、身分問わず生活に必要なモノとなっている――にも関わらず、いつまでも平民に学ぶ機会を与えないというのは現実的なものではないという理念から生まれたそうだ。

これに関しては、王都にある王立学園への当てつけの意味もある。

現在の王立学園は、『誰にでも門戸を開き、貴賤無く学べる場』を掲げながら、努力して入学してくる平民に対して、教師も生徒もバカにしたり邪魔したりすることが横行しているのだ。

そういう意味では、かなりの皮肉が含まれている。

もちろん、平民の中にはバッカスのように周囲のやっかみの一切をはねのけ、味方を増やし、その実力を示し続けながら王立学園を卒業した者もいるにはいる。

そのような偉業――というか異形というか――が時折、発生したりするのは事実だ。

だが、基本的に王立学園はバッカスのような存在を認めたがらない。

そんな王立学園を皮肉りまくったかのような観点と制度を持つのこの学校は、一部の貴族たちからは、国への叛意《はんい》を植え付ける機関なのでは……と文句を言われたことも多々ある。

だが、そもそもこの学校――後援者の一人は、第一王子であるメイディン・シュテン・ヤーカザイである。

そういうことを口にする輩に対しては、メイディン王子がそれはもう楽しそうにドSスマイルを浮かべながら、むしろ君たちの方に叛意があるのでは？　と訊ねるものだから、誰も文句を言わなくなった経緯があるとかないとか。

さておき――

このダーギィ・ジョン魔術学校は、教育課程に魔術に関する勉学を含む基礎教養を学べる場所となっている。

特に読み書きや算術などは魔術を勉強する上で重要な為、それらが覚束《おぼつかな》い生徒用の専門教室があるくらいだ。

入学は基本無料。特定の授業を受ける際は有料となってしまうのだが、入学から努力を続け、一定の成績を保ち続ければ、教師の推薦などによって有料の授業すら無料で受講させてもらえる。

さらに、魔術士、魔導騎士、魔導技師、錬金術師のみならず、何でも屋《ショルディナー》を目指す者への専用授業まで用意されている。

またそれぞれの職人ギルドや、領衛騎士団などと提携し、各業種の見習いは、生徒と一緒に授業を受けたりすることも可能となっている。

それ故、戦闘魔術士や、魔導騎士、何でも屋《ショルディナー》たちの為に、戦闘訓練などを行う為の場も用意されているのだ。

その訓練場は、使用時には特殊な結界が張られ、魔術や戦闘用魔導具などの余波が外へと影響を与えないように造られている。

そんな訓練場に、学校とは無縁そうな男が一人。

ボサボサの黒髪に、暗色赤の双眸を持つ、無精ひげを生やした男。

黒い革のジャケットと同色のズボンに身をくるみ、黒い鞘に納められた、鋭き美刃《ブラフス・エグデ》あるいは肢閃刃《しせんじん》と称される神皇国アマク・ナヒア伝統の片刃曲剣《カタナ》を携えている。

「悪いね、バッカス。呼び出しちゃって」

「別にいいんだが……珍しいな、メシューガ。お前の方から、手合わせして欲しいと言い出すなんてよ」

向かいにいるのは、この学校の教師メシューガ・ナキシーニュ教諭だ。

話を聞く限り、彼があちらの男性――バッカス氏を呼び出したようである。

そのナキシーニュ教諭も、普段の教師用のローブ姿ではなく、全体的に砂色でまとめられた動きやすそうな衣服を着ていた。

彼もまた艶を消された鞘に納まったダガーを腰の左右に帯び、武装している。

「ところで、この見学者の数はなんだ？」

「シークグリッサがうっかりこぼしちゃったみたいで」

そのせいで、この訓練場には学生たちだけでなく、興味を持った何でも屋《ショルディナー》や、暇な騎士も見学にきているのだ。

バッカス氏が嘆息するのもわからないでもない。

「あのガキ、一度痛い目に遭うべきじゃないか？　あー……いや、一応怖い目には遭ってるのか」

「確か大型の餓鬼喰い鼠《パンディック・タロ》に襲われたんだっけ？」

「へこたれないのか曲がらないのか、まぁ――見込みはあるよな。色々と」

「あの真っ直ぐさはちょっと羨ましいというか眩しいよね」

バッカス氏とナキシーニュ教諭は苦笑し合うと、互いに準備運動のようなものを始めた。

身体を動かしながらも、二人は様々なことを確認しあう。

「一応、見学席の手前には結界があるんだっけか？」

「それなりに丈夫だけど、お互いに本気出すと壊せる程度だから、ほどほどにやろう」

ナキシーニュ教諭の言葉にバッカス氏はひとつうなずくと、こちらをぐるりと見回してから告げる。

「つーわけで。俺とコイツがガチになると、結界がぶっこわれる可能性があるから気をつけとけ。壊さないようにやるつもりだが、お互いに負けず嫌いな上に熱くなりやすいもんでね」

見学席の結界を壊す――その言葉を信じられる者はそう多くない。宮廷魔術士だって簡単ではないのだ。

「その辺り、お前頼りだからな。クリス」

「私は面白そうだから見学に来ただけなんだけど」

「見学料ってコトにならないかな？　この中だとキミが頼りなんだけど」

ギャラリーに混じるクリスと呼ばれたピーチブロンドの女性は仕方なさげにうなずく。

彼女も生徒ではなさそうだ。

彼らのやりとりを聞く限り、バッカス氏とナキシーニュ教諭の知人が、見学しにきたというだけなのだろう。

「二人に本気になられると、カンを取り戻す最中の私には荷が重いんだけど？」

だから、本気なんて出さずにやれ――と彼女は暗に言っているようだ。

クリス女史から見ても、本気を出した二人を前にするにはこの結界が頼りなさげに映るのだろうか。

「クリスさんがそこまで言うほどなの？」

「実際に目の当たりにしたコトはないけれどね。でも、二人とも重なり合う彩輪剣《ツイン・ホイーラーズ》と遜色がないくらいの実力はあると思うわよ？」

ルナサ・シークグリッサ生徒とクリス女史のやりとりに、聞き耳を立てていた見学者たちは驚愕する。

学校でやる気なく教鞭を振るう姿の印象しかないナキシーニュ教諭が、選ばれし十騎士と同じだけの実力を保有している——それは、生徒たちは驚くことしかできないようだ。

「朝騎士候補《グーニンローム》になった人が言うんだから、マジっぽいわ……」

「え？　クリスさん、朝騎士候補《グーニンローム》になったコトあるのッ!?」

シークグリッサ生徒の言葉に、目を見開くのは彼女の友人であるミーティ・アーシジーオ生徒だ。

そして、驚くのは見学者たちも同じである。

重なり合う彩輪剣《ツイン・ホイーラーズ》を構成する、朝の五騎士と夜の五騎士。

その片方である朝騎士候補《グーニンローム》に選ばれたことのある騎士が、バッカス氏とナキシーニュ教諭の実力を認めているのだ。

「ルナサちゃん。何でもポロポロお零ししちゃうそのお口。そろそろ物理的に縫い合わせさせて貰ってもいいかしら？　貴族や商人を相手にするコトのある立場としては、致命傷になりかねないわ」

少し口の端をつり上げながら、クリス女史はシークグリッサ生徒のほっぺたを引っ張る。

「私だからいいけど、気をつけないと本当にこのお口のせいで、暗殺者とか差し向けられても文句言えないからね？　こういう人が多い場所ではね。誰が聞いているのか分からないのよ？」

注意——というよりも警告に近いことを言われて、シークグリッサ生徒は青い顔をしながらうなずいた。

素直であることは美徳かもしれないが、確かに商人や貴族を相手にするには危険すぎる素養といえよう。

「メシューガ。どこまでアリだ？」

「基本禁止事項はナシで。彩技《アーツ》、魔術……なんでもあり。結界だけは注意してね」

「了解だ。そこはお互いに気をつけよう」

見学者側がざわざわしている間に、二人は戦うための注意事項などの確認を終えたようだ。

それから二人は少し距離を離し、向き直る。

「んじゃ、やるか」

「うん」

ナキシーニュ教諭がうなずくと同時に、バッカス氏がどこからともなく取り出したコインを親指で弾く。

二人は――特に構えることなく、自然体のような姿勢で見つめ合う。

宙高く舞うコイン。

くるくるくるくると回転しながら、やがてそれが地面へと落ちる。

次の瞬間――

いつの間にかダガーを一振り抜き放っていたナキシーニュ教諭が、バッカス氏の左側から躍り掛かっていた。

それに対して、バッカス氏は左手で握っていた鞘のままの肢閃刃で受け止める。

速い。

速すぎて、馴れない者たちの目にはその結果部分しか映らない。

だが、見学者たちのそんな戸惑いなど無視するように状況は進んでいく。

「閃光掌《センコウシヨウ》ッ！」

ナキシーニュ教諭の一撃を防いだバッカス氏は、剣を握らぬ拳に白の魔力《カラー》を集めて彩技を繰り出す。

バッカス氏が繰り出した彩技は、その名の通り、目映く輝く拳で、相手の目を焼きつつ、重い拳を叩きつける技だ。

しかし、ナキシーニュ教諭はそんな目眩ましなど通用しないとばかりに、再び姿を消すように動き、バッカス氏の背後へと移動した。

「ふッ！」

「見えてるぜッ！」

「まだまだ！」

攻撃を受け止められるや否や、またもやナキシーニュ教諭は姿を消す。

「先生が消えるのって彩技？」

「でも、技名を口にしてないじゃん？」

生徒たちのざわつきを、戦っている二人は気にせずに攻防を続けていく。

彩技とは魔術のように魔力《カラー》を外へ投射せず、自分の内側にある魔力《カラー》を身体強化や武装強化に用いて繰り出す技術だ。

技によっては一見すると大道芸のような動きに見えることもある。だが、彩技として発動された技は、その利用された魔力《カラー》によって必殺技足りうる性能を持つ。

彩技を使うには、身体の動きと体内の魔力《カラー》の流れを一致させる必要がある。

それを一種の流れとして、ルーティン化する為、技名を口にするのが当たり前となっていた。

ようするに、技名を口にすることで、身体の動きと魔力《カラー》の流れを、即座に一致させる習慣づけと言ってもいいだろう。

もっともその流れを自然に行えるようにする為には、当然のように幾度とない鍛錬と実戦が必要なのは言うまでもあるまい。

もちろん、言葉に出さずとも身体の動きと体内の魔力《カラー》の流れを制御すれば、声を出さずとも使用は可能だ。しかしその分、難易度は跳ね上がる。

ナキシーニュ教諭が姿を消すように動くのは、無声彩技を利用しているのかもしれない。

幾度目となる姿消失を行い、ナキシーニュ教諭はバッカス氏の死角から、左手に持つダガーを袈裟懸けに斬る。

それを躱《かわ》すバッカス氏へ、続けてナキシーニュ教諭は右手のダガーで袈裟懸けを繰り出す。

身体を反らしてそれも避けるバッカス氏。

そこへすかさずナキシーニュ教諭は、二刀を構えた。

「非礼《ヒレイ》・三節《サンセツ》」

交差した両手を開くように繰り出す同時斬撃。

しかし、バッカス氏はそれをも軽く後ろへ跳んで躱してみせた。

それを追いつつナキシーニュ教諭が繰り出すのは魔力《カラー》を込めた二刀のダガーによる三連斬り。その速度は目で追うのがギリギリの速度だった。

――にもかかわらず、バッカス氏は余裕を持って連撃を躱してみせる。

バッカス氏は後ろへ跳んだ直後、不可視の魔力帯《キャンバス》を広げた。即座にそこへ術式が投射される。ナキシーニュ教諭を包み込むような広範囲魔術だ。

「燃え差しの妖精よ、灼光《しやつこう》を注げッ！」

炎が広がる。

魔力帯《キャンバス》の端から徐々に――ではなく、魔力帯《キャンバス》が一斉に燃え盛るように。

しかし、完全に燃え上がるよりも速く、ナキシーニュ教諭もまた自身の魔力帯《キャンバス》を広げ、術式を投射していた。

その形は、まるでバッカス氏の術式に自身の術式を上書きするかのようだ。

「無色透明は諦めの色」

普段の頼りなさげな雰囲気とは異なる、冷酷なまでに淡々とした声でナキシーニュ教諭が呪文を紡ぐ。

すると、ナキシーニュ教諭を喰らおうとする炎の顎《あぎと》は一瞬で消え失せた。

だが、バッカス氏は驚くことなく、右手を剣の柄へと添えながら駆ける。

「瞬抜刃《シュンバツジン》・葬閃」

刹那――――バッカス氏の右手がブレて見えた。

しかし、それだけだ。見学者のほとんどは何が起きたか分からない。

「疾さが増してるねッ！」

「そりゃどうもッ、躱しながら言われても嬉しくねぇけどなッ！」

二人のやりとりで、どれだけの見学者が理解できたか。

バッカス氏の手がブレた僅かな時間に、刃が抜き放たれ斬撃を繰り出し、すぐ鞘に戻されたと。

「その剣も新作？」

「おう。刀身も魔導鍛冶で自作した逸品だ」

会話を交わしながらも二人の攻防が続く。

「魔噛《マゴウ》って言うんだ。よろしくな！」

「刀身まで自分で作る技師って……どこまでこだわってるのさ」

呆れたような言葉と共にナキシューニュ教諭が繰り出す技は鋭い。

確かに魔剣技師であっても刀身は専門家に頼むのが一般的だ。それを自作した時点で尋常ではない。

だがもう、ギャラリーは言葉と戦いと、どこに驚けばいいか分からなかった。

「ここにいるさッ！」

ナキシーニュ教諭の攻撃を躲し、反撃するバッカス氏の瞬抜刃は相変わらず早すぎて目にも留まらない。

「すげぇ……」

誰かが漏らした声が聞こえる。

高度な彩技の応酬。高度な魔術の応酬。

近接戦闘にしても魔術戦にしても、展開が速すぎてついていけない。

「うん。少しずつカンが戻ってきた」

「そりゃ何より。もう少し段階をあげるか？」

「そうだね。お願いするよ」

二人の動きはどんどんと激しさを増していき、見学している生徒たちを置いてきぼりにしていく。

そして、置いてきぼりにされるのは、生徒だけでない。

ナキシーニュ教諭に良い感情を持たない故、この模擬戦の不出来を笑ってやろうという理由で見学にきていた教師たちすら置いてきぼりにしていく。

あるいは、そもそもからしてナキシーニュ教諭は、ことあるごとに喧嘩を売ってくる教師たちを牽制するべく、友人との模擬戦を目立つ場所で行うことにしたのではないだろうか。

二人の戦いを見学する傍ら、置いてきぼりにされている、あまり印象の良くない教師たち。

その様子を眺めながら、学校長は密かに笑うのだった。

●○●○●

「解せぬ……」

模擬戦を終えたあとの訓練場で、大量の麺を炒めながら、バッカスは遠い目をしていた。

学校側が用意してくれた屋台用のコンロと、その上に乗せて使う大型の鉄板。

ストルマの油を薄く敷いた鉄板の上に、鎧甲皮の猪《ロムラーボア》の薄切り肉と、大量のキャベツっぽい味の野菜を炒め合わせている。

このキャベツっぽい味の野菜はエガブニプといい、見た目は前世で言う松の葉に似ている細長いものだ。だけど食べたときの味と歯ごたえはキャベツという野菜である。

肉と野菜に火が通ったら、バッカス特製のミックススパイスソースをたっぷりとふりかけ、混ぜ合わせていく。

ソース焼そば――を作りたかったのだが、肝心のウスターソースがまだ作り出せていない。

だが、魚介系のダシや、魚醤のようなモノは手には入れられた。

なので、それらを組み合わせて作ったタイ風焼そば《パッタイ》っぽい味のミックススパイスソースを今回は使用している。

ちなみに麺は、バッカスのコダワリの手打ち麺。

この世界、パスタはあるが中華麺に近い麺を見かけなかったので、バッカスが自作した。鹹水《かんすい》の調達手段だけは記憶が曖昧だったので試行錯誤だったが。

いつでも食べられるように大量生産して、腕輪の保管庫に入れておいたのだが――どうやら、今日はそのストックを全て使い切りそうである。

「良い匂いね」

「だろ」

ソワソワした様子で声を掛けてくるクリスに、バッカスは笑う。

「ところで聞きたいんだが」

「なにかしら？」

「俺は何でこんなところで料理してるんだ？」

「だいたいルナサちゃんのせいかな」

それ、何度目の質問かしら――と苦笑しながらも、クリスは律儀に答えてくれる。

「やっぱアイツ痛い目みるべきだろ」

「料理を始めてからこっち、何度も聞いてきたその答えにも飽きてきたわね」

「それで件《くだん》のガキンチョはどこだ？」

「今はあっちでお説教されてるわ」

「ふむ」

クリスが示す方へと視線を向ければ、確かにメシューガに叱られているルナサの姿があった。

バッカスは鉄板の焼そばを炒める手を止めないまま、二人のやりとりに耳を傾ける。

「いいかい、シークグリッサ。君のその素直さは美徳ではあるが、些《いささ》か素直が過ぎるのは問題だ」

「いや、でも……アイツが料理上手なのは本当だし……」

「そうだね、バッカスが料理上手なのは本当だ。でもね。個人的な知り合いである君が、バッカスにお願いするならいざ知らず、『みんなも食べてみるべき』なんて言い方はね。よろしくない」

「はい……」

「おかげでボクを嫌っている教師たちが調子に乗って、こんな食事会を開いてしまった。それもバッカスの意志を無視して、だよ？」

「ううっ……」

「何より、この場の支払いは誰がするのかな？　材料費とか手数料とかさ」

「え？　話を広げた先生たちじゃないんですか？」

「そう。本来ならね。でも彼らはそのつもりなんて一切ないよ。バッカスの料理が美味しいか不味いかも関係ないんだ。ただただ連中は難癖を付けたいだけなんだ。難癖を付けて、支払いは全部バッカスやボクに任せる。ようするに、バッカスを困らせてボクの顔に泥を塗りたいだけなんだよ」

「えっと、意味が分からないんですけど……」

「そうだね。正直、ボクも意味が分からない。だけどこういうコトは珍しくない。だから発言には気をつける必要がある。あるいは気をつけるべき場面がある……と言うべきかな」

「納得できないんですけど……」

「納得できる出来ないの話じゃないんだ。そういうコトになった。それだけが事実なんだから」

「むぅ……」

メシューガの言葉を、ルナサはいまいち納得が出来ないようだ。

バッカスに言わせれば、納得できるかどうかは大事なことだが、同時に世の中は納得できないことばかりなのだから、我慢して飲み込むしかない話でもある。

それでも飲み込めないなら戦うしかない。

どうやって戦うかは納得の内容と、その場によって変わってくるが。

しかし、メシューガはそういう言い方でルナサを突き放すようなことはせず、穏やかな表情のまま、物語でも読み聞かせるように話しかける。

「シークグリッサ。君はもう少し物事の過程を意識するべきだ。君の思考は始点と終点だけで、それらを結ぶ過程に関しての意識が足りていない。しかもその終点も理想だけで現実感が足りてない」

「すみません。どういう意味ですか？」

「魔術で例えるなら、魔術帯を意識せず、結果だけを求めていると言えばいいかな……？　火が欲しい時に、術式の構築や祈るべき神を考慮せず、とりあえず魔力《カラー》を炎へと変えているだけのようなもの――と言えば分かるかい？」

「それって手から炎が出ず、口やお尻から出ちゃう可能性があるんじゃ……」

「その通りだよ。そしてその結果が、この訓練場で料理をしているバッカスという図だろう？」

「あ……」

「自分の発言がどう解釈され、どう扱われるか。それを考慮しなかった結果だよ。君の言う火の魔術がお尻から発動するのと、何が違うのかな？」

ルナサはそこで項垂《うなだ》れた。

どうやら自分のやらかしに理解が至ったらしい。

それを見、バッカスは小さく肩を竦めた。

溜飲は下がった――ということにしてやろうと、小さく苦笑する。

「それにしてもメシューガのやつ、ちゃんと教師やってるのな」

「詳しいコトは知らないけど、彼――貴方に感謝していたでしょう？　それってつまり、そういうコトなんだと思うのだけど」

「そうか。ちゃんとやってるって言うなら、ここで焼そば作るのも仕方ないと思えるな」

「何がどう仕方ないのかしら？」

「ここで麺を炒める甲斐もあるってな」

口ではぶつくさ言いながらも、バッカスは最初から最後まで手際が良かった。

そういう意味では、彼は最初からメシューガの顔を立てる為に料理をするつもりだったのかもしれない。

「まぁガキのやらかしだ。それに対しては口で言うほど怒っちゃいねぇってコトだよ」

「でしょうね」

バッカスの言葉にうなずきながら、クリスはチラリと訓練場の隅の方へと視線を向ける。

最初こそニヤニヤしていたのに、今ではどこか困ったような怯えたような顔をしてこちらを見ている教師が二人。

取るに足らない小物たちではあるが、大人としての責任は果たしてもらいたいところである。

そう思っているのは、どうやら自分だけではないようだ。

「とはいえ、だ。ガキがやらかしたコトを、叱るでも注意するでもなく、自分らの都合の良いように利用する大人にゃあ怒ってるぜ」

「気が合うわね、私もよ。然るべき人に叱ってもらいたいモノね」

自分たちはあくまで部外者。やらかした大人に対しては関係者から雷を落としてもらいたいところだ。

「ところで話は変わるんだけど、模擬戦で使ってた剣を見せて貰ってもいい？　魔噛《マゴウ》だったかしら、新作っていう」

「ん？　いいぞ。魔剣に興味あるのか？」

「魔剣っていうより鋭き美刃《ブラフス・エグデ》そのもの、かしら。

知識としては知っているけど、実物を見る機会は少なかったし瞬抜刃も初めて見たわ」

「それもそうか」

クリスの言葉に納得しながら、バッカスは魔噛を手渡す。

「鞘も魔導具なのね」

「ああ。一つの属性だけだが鞘に魔力を込めた状態で剣を納めておくと、剣にその魔力が乗っていく。同属性の彩技を使う時、消費魔力を抑えて性能があがるんだ。納めておく時間が長いほど乗っかる魔力も増える」

「いいわねそれ。あ、これ抜いていい？」

「いいぞ」

バッカスから許可を貰ったクリスは鞘からゆっくりと半分だけ抜き、刀身を見る。

陽光に照らされて光る白刃は、その名にふさわしい美しさを見せつけてくる。

「綺麗ね。鋭き美刃《ブラフス・エグデ》っていう呼び名がつくのも納得。

柄も魔導具になってるみたいだけど、こっちは？」

刃を戻しながら訊ねると、バッカスは焼きそばを鉄板の上でひっくり返しながら答える。

「単純に刃の強度と切れ味の強化だな。それだけだと瞬抜刃を使う時に鞘を切り裂きかねないから、鞘の内側にも魔力で強化を施して、滑りと硬度を高めてある」

「これ、握り心地とか完全に自分用にしてあるのかしら？」

「分かるのか？」

「ええ。なんていうか、誰でも使えるように作られた剣と違って……なんといったらいいのかしら、重心や触り心地に違和感があるわ。これに違和感を覚えない人しか使えないって剣が言ってるみたい」

そう言ってクリスが返してくる魔噛《マゴウ》を受け取りながらうなずく。

「クリスの言うとおりだ。全てを俺好みにしてある。重さも重心も握り心地も何もかもな。でも他の奴が使えないワケじゃないぜ。必要とあらば誰かに貸すのもやぶさかじゃないさ」

「意外ね。他人には使わせないってこだわるのかと思った」

「んー……誰でも使える必要はないが、誰かが使える分には問題ないって感じだな」

ゆえに、完全な自分用でありながら、自分以外が使う場合も想定した設計にはしてある。

そういう面も確かにバッカスのこだわりかもしれない。

「む」

そんな剣に関するお喋りの途中に、バッカスの表情が変わる。

「どうしたの？」

クリスの問いに、バッカスはいつもの皮肉げな笑顔を浮かべて答えた。

「頃合いだ」

屋台用の使い捨ての皿の用意もある。

それに焼そばを盛り、駆け出し職人たちに練習がてら作らせまくった少し不格好な木製フォークを添えた。

このフォークは、木工職人の親方が駆け出し向けの練習方法に悩んでいた時にバッカスが提案したものだ。定期的に一定数の購入をしている。

すぐには必要にならずとも、お祭りの時や今回のような場面で気軽に使い捨てられるカトラリーとして用意しておくと、便利なのである。

そして準備を終えたバッカスがルナサを呼ぶ。

「お～い、ルナサ～」

「は、はい！」

メシューガのお説教中に名前を呼ばれたルナサがビクりと身体を震わせる。

「メシューガも一緒に受け取れ。お前らがまず最初だ」

「私にはくれないの？」

いたずらっぽく訊ねてくるクリスに、バッカスはやれやれと小さく息を吐く。

「お前さんは次な」

身内贔屓と言われるかもしれないが、バッカスとしては最初からそのつもりである。

するとど、どこからともなくひょっこりとミーティが現れた。

「バッカスさーん」

「こっちのガキもいたか。まぁクリスの次だぞ」

「やった！」

そうして身内に提供しつつ、バッカスは声を上げる。

「料理は完成だ！　だが、受け取りはガキが優先だ。大人は多少の分別を付けろよ。ここが学校である以上、主役はガキだかんな！　大人はちゃんと大人として振る舞え！」

「バッカスの言葉遣いはどうなのさ」

素朴な疑問とばかりに口に出してくるメシューガに、バッカスは不敵な笑みを浮かべた。

「俺は良いんだよ。そこ以外で揚げ足も取れねぇバカな大人を炙り出す為だからな」

「単に素ってだけでしょう？」

即座にツッコミを入れてくるクリスに、バッカスは憮然とした様子で口を尖らせるのだった。


「おお、これは美味ぃ！」

校長ラオス・ウーカは焼きソバなる料理を一口食べて思わず唸った。

パスタとは異なる、独特の歯ごたえを持つちぢれた麺に、甘じょっぱいソースが絡む。

口に入れた瞬間のフルーティにも感じる甘い味は、やがて刺激的な辛さへと変わっていくのだが、それが決して不快ではない。心地よいとさえ感じるほどだ。

一緒に炒められたキャベツ味の松葉《エガブニプ》のシャキシャキとした触感もいい。

しかも、生で食べた時とは違う、噛めば噛むほど溢れる甘みは、ソースの味と調和して非常に美味い。

ひとしきり堪能したところで、ラオスはバッカスへと声を掛ける。

周囲に集まっていた生徒たちも、校長が来たと気づくと場所を空けてくれた。

「相変わらず、良い腕をしてますねバッカス君。当家の専属料理人になる気はないですか？」

「何度も断ってるだろ、ラオスさん」

露骨に皮肉げな表情をして告げてくるバッカスに、ラオスは「だよね」と肩を竦める。

「それより、ペットの責任は飼い主の責任だよな？」

「私は彼らを雇った覚えはあれど、ペットにした覚えも部下にした覚えもありませんね」

きっぱりとラオスは口にする。

バッカスが言うペット――メシューガへの当たりが強い教師二人――に関しては、ラオスも把握していた。

だが、メシューガ自身が気にしなくて良いと言っていたし、何よりメシューガ相手にあの二人が何か出来るとも思えなかったので放置していただけである。

「雇用契約書に迷惑行為に関する項目はなかったのかよ」

「ありますよ。それを適用するのが難しかっただけで。部外者であるバッカス君を巻き込んでくれたおかげで適用できそうです」

「そりゃ何より。とっとと始末つけてくれ。ガキの教育にもよろしくない。この学校に何かあると、あのドラ息子に何を言われるか分かんねぇからな」

「私より先に君が叱られてくれるので、気楽に校長が出来て助かってます」

「二人は俺に対して理不尽すぎんだよなぁ」

頭を掻きながら嘆息するいつものバッカスの姿を見て、ラオスは小さく笑う。

「何であれ――ここは中央学園ではないというコトを、彼らにはしっかりと理解して頂かなければいけないのはその通りです。容赦なく対応しますよ」

「そうしてくれ」

必要なやりとりはこれで全て。

とはいえ今回は迷惑を掛けているのは間違いない。

「あの二人はともかくだ、バッカス君。今回の件はこれで許してくれないかね?」

ラオスは腰に下げていたポーチから、グラスを二つ取り出した。

「魔導収納具――マスカバッグ……いやその小型サイズだとマスカポーチか。ニーダング王国から取り寄せるにも、高いだろうに」

それは、人間が神具《アーティファクト》を再現できた数少ない成功例の一つだ。

二百年ほど前の魔導技師が――まだ魔導工学そのものが完全確立されてない時代に作りあげた、今もなお魔導具の最高傑作と呼ばれている品の一つだ。

これを作り出したことにより、発明者である女性は魔導具の母――魔導母《まどうぼ》などという二つ名で呼ばれるようになったと言われている。

バッカスが持っている腕輪のような収納型神具《アーティファクト》を人の技術で再現したモノだ。

製法は秘されているが、確立はされているようで、多少の量産がされている。

現地で買っても高価だが、輸入となるとさらに高価になるシロモノだ。個人輸入なんてしようものなら、価格にゼロが一つ増える。

「ツテがあるからね。現地価格さ。ちなみに大容量仕様ですよ」

「羨ましい限りで。それでも結構するだろうに」

わりと本心から羨ましがるバッカスは、ラオスが取り出したモノを改めて確認して訝しむ。

「そういや何でグラスを二つ出したんだ?」

「片方は私のです」

「…………」

バッカスが無言で目を眇める。

何とも納得の出来ない顔をしている彼の前で、ラオスは魔導ポーチからやや赤みを帯びた琥珀色の液体の入った瓶を取り出す。

「全部はやれませんが、名酒『美食屋の美貌』……その五十年モノですよ」

「マジか」

ゴクリとバッカスは喉を鳴らした。

『美食屋の美貌』は、非常に高価な酒だ。

そして、正しい環境で寝かせてやれば、寝かせただけ味が良くなるとも言われている。

当然、寝かせた年数に比例して価格も跳ね上がっていくのだが――

「一杯だけですが、是非味わって欲しい」

「それは是非、頂きたく」

あのバッカスがとても礼儀正しくグラスを受け取り、顔を輝かせる。

その様子を周囲で見ている者たちの反応は色々だ。

「あのバッカスさんが子供みたいな顔になってる……」

「ナキシーニュ先生、あのお酒ってそんなにすごいの……？」

「一般的に出回っている『美食屋の美貌』も、あの大きさの瓶一本で平民の小さな家なら購入できるんじゃなかったかな」

ナキシーニュ教諭の解説で、教師や生徒たちが青い顔やら納得顔やらになる。

「ちなみに、栓を開けずに寝かせておくと、味と値段が高まるお酒よ。五十年モノっていうのはつまり、五十年寝かせてあったってコトなのよね」

クリス女史の補足を受けて、周囲の者たちはますますそれぞれの表情を深めた。

「氷は頼みますよ」

「お任せあれ」

嬉々としてうなずいたバッカスは、二つのグラスの内側を中心に魔力帯《キャンバス》を織り上げる。

描くのは氷結の術式。織り込む祈りは、赤の神と、その眷属である山の神と雪の神。それから、青の神の眷属である水の神と冷気の神。

「氷銀の魚よ、雪山を泳げ」

呪文とともにバッカスの近くに、小さな銀色の魚が二匹現れる。

二匹の魚は飛び跳ねるようにして、それぞれのグラスの中へと落ちていく。

すると、グラスの中に丸い氷が現れた。

「え？　グラスを凍らさずに中に氷だけ作ったの……？」

「俺だったら校長先生の腕ごと凍らせちゃうよ」

「バッカスさんってすごくない？」

ザワつく生徒たちの姿はラオスの計算通りだ。

魔術を極めればバッカスのような非常に繊細な使い方を出来るのだと知って欲しかったのである。

もっともその術を行使した本人は周囲のざわめきことなど気にしてないように、その視線をグラスにだけ向けている。

（どれだけお酒が好きなのですかね？）

ラオスは胸中で苦笑しつつ、栓を取るとゆっくりとグラスへと美食屋の美貌を注ぐ。

熟成されて糖度が増したことで粘度を持った液体がとろりと流れ出る。

それは球体状の氷の表面をつたい、ゆっくりとグラスの底へと流れ落ちていく。

とろとろと嵩《かさ》を増していく『美食屋の美貌』は、グラスのなか程まで注がれた。

「この光景だけで生きてて良かった気になってくる」

「大げさですねぇ……」

「大げさなもんか。この極上の酒の香り――ただ注いだだけで華やかに広がってるじゃねぇか」

「そうですね。この香りは今まで味わってきた『美食屋の美貌』の中でも最上位の香りなのは間違いありません」

ラオスは自分の分を注ぎ終えると、栓をしっかりとして、マスカポーチへと戻す。

「さて、乾杯です。実は五十年モノは、私も初めて呑むのですよ」

「ああ。乾杯だ。そんな貴重なモノをありがとうございます」

お互いにグラスを軽く掲げてから、口を付ける。

ラオスの一口目の感想としては『濃い』だった。

味も、香りも、酒精も、通常のモノと比べて倍以上に濃く感じる。

その上、粘度もあるせいか、それがスルスルと胃に落ちていくのではなく、ゆっくりと伝うように流れていくのを感じ取れるのだ。

触れた場所がカッと熱を帯びていく感覚が強いのは酒精の高さの故だろう。

しかし、決して強いだけではない。

豊かな香りと、舌触りの心地よさが、それら濃さを濃密な至福体験へと変えてくれる。

流れ落ちる中で、熱を増していく体内の変化にすら、幸福を感じてしまうほどに芳醇《ほうじゅん》な味わいだ。

「生きてて良かったと思える味だ……」

「同感です」

「だがこの味に至るまでに五十年か……。ゼロから熟成させるとなると俺なら我慢できずに開けちまうだろうなぁ……」

「それも同感ですな」

徐々に氷が溶け、酒と混ざり始める。

「溶けた氷と混ざり呑みやすくなると、これはこれで危険な味だ」

「水と混ざってもなお、この味と香り……たまりませんね」

幸せそうなバッカスとラオス。

それを見ていると、周囲としてはなかなか声を掛けづらい。

「バッカス君、迷惑料としてこれで足りましたか？」

「十分だ。あとはアンタに任せるさ」

「助かります。せっかくバッカス君から預かった大切な教諭を、ロクに仕事もしないくせに迷惑だけかける教諭に潰されたくはありませんからな」

「良く言うぜ。潰れないと分かってたから、敢えて黙認してたんだろ。ある程度それが激化していくまでな」

「はてさて何のコトですやら」

なんであれ、バッカスが怒りの矛を納めてくれるのであればそれで良い。

「メシューガさん、当事者不在で話が進んでますけど？」

「いいんだよ。バッカスと校長先生が言葉を交わしている時点で、もうボクとしてはするコトもないし。バッカスを呼べばこうなるコトを予想はしてたから、想定通りとも言えるかもね」

クリス女史とナキシューニュ教諭が何か話している。バッカスはそれを敢えて聞き流しているようだが。

そんなナキシーニュ教諭は、クリス女史との話を終えると横にいた女子生徒に何やら真面目な顔で声を掛けていた。

「シークグリッサ。君はチカラある者は責任を——と言うが、行動と結果には誰であれ責任が発生するモノだってコトは覚えておくように」

「……はい」

「もちろん、君が起こした行動と結果は君に責任がある。でも、君の行動に乗って行動を起こし、結果を不必要に書き換え広げた者がいる以上、今回の結果は、君の行動の結果だけの問題ではなくなっているよね」

「えっと、それは……」

「すぐに結果は出ないけど、でも遠くないうちに結果が出る。それによって君が迷惑を被るコトないから、今まで通り過ごしていいよ。でも、最低限の反省はするように」

「はい……」

生徒の失敗のフォローを、ナキシーニュ教諭がしているようだ。

これなら問題はないだろう。

「ほっほっほ。いやぁ楽しい模擬戦でしたな」

「その楽しいがどこに掛かってるかは知らねぇが、俺に迷惑が掛からないなら好きにしてくれ」

バッカスも許可を出してくれているのだから、学校環境改善の一手をしっかり打たなくてはな——

ラオスはそう胸中で決定すると、冷たい水と混ざり合った『美食屋の美貌』の入ったグラスを傾けるのだった。


模擬戦から数日後。

バッカスが自分の工房で仕事をしていると、ルナサが工房に訊ねてきた。

そして、バッカスの顔を見るなり――

「ごめんなさいッ！」

――勢いよく頭を下げてきた。

「詫びの言葉が出るとはお前にしては殊勝な態度だな」

皮肉げに笑いながら、バッカスは訊ねる。

「――で、ルナサ。それは何に対するゴメンナサイだ？」

「あなたって、本当にいじわるね」

「クリスって、いつも暇そうだな」

「私は常にあなたのご飯を食べにきているだけよ」

「はいはい。ウチはメシ屋じゃないから他に当たれ」

いつものように工房に遊びに来ているクリスからの言葉に、バッカスは雑に返答しながら、ルナサへと視線を向けた。

何やら沈痛な面もちをしているルナサに、クリスは優しげな声ながら少し厳しめな言葉を投げる。

「バッカスはいじわるっぽく言っているけど、言っているコトは間違ってないのよ？　ルナサちゃんは自分が何に謝っているのかちゃんと自覚はしてる？　謝りたいから謝る――なんてモノはただの自己満足よ。それは謝罪とはいえないわ。その場合、謝るべきバッカスに対してとても失礼なコトになるからね？」

クリスもバッカスも別にルナサを泣かしたいワケではない。

それでも、二人は敢えていじわるく、あるいは厳しくそれを口にする。

ルナサは猪突猛進気味で、感情に真っ直ぐな人間ではあるが、決して頭が悪いワケではない。

思考の道筋を順序立てるよう促せば、自分なりの答えを導き出せるし、一度導き出せばこれまでの行いを反省できる。

「まずは、一昨日。突然工房に飛び込んできたコト。あと、模擬戦のあと、迂闊なコトを言っちゃって、料理させてしまったコト。……ごめんなさい」

改めて頭を下げるルナサに、バッカスは小さく笑った。

「良いぜ。許してやるから、もう気にすんな」

「ほんと、ごめん。まさかあんな大事になるなんて思ってなくて」

何度も頭を下げてくるルナサを手で制し、バッカスはルナサを気遣うように笑みを浮かべた。

「大事ってほどでもないさ。極上の酒も飲めたしな」

「そのお酒で全部許しちゃってるだけじゃないの？」

「そこは否定しきれん」

真顔でうなずくバッカスに、ルナサは小さく吹き出した。

ようやく笑顔を見せたルナサに、バッカスは皮肉げな笑みを浮かべて優しく告げる。

「謝って済むコトなら謝って済ませばいいんだよ。いつまでも気にするくらいなら、コトを済ませたあとで、そうやって笑ってればいい」

「いつになく素敵なコトを言うじゃない」

からかうようなクリスに、バッカスはひどく真面目な声色で返す。

「バカの尻拭いや、アホのやらかしをフォローする為に、王都中を走り回ってりゃあそういう考えにもなるってもんだ」

「声に実感がこもりすぎてて言葉もないわね」

バッカスは王都で暮らしていた頃はどんな生活をしていたのだろうか、クリスは少し気になった。

「まぁ何割かは自業自得も混じってんのは認めなくはないが」

「そして謝って済ましてきたのね」

「そりゃあ謝って済む問題に対してはな」

思わず呆れた声を出すクリス。

それに、バッカスは皮肉げに口の端を吊り上げてうなずく。

こちらのやりとりを聞きながら、何やら感心しているルナサ。

「そっか……バッカスも謝って済ましてきたんだ……」

バッカスの口にした『謝って済む問題』には、色んな意味が含まれているのだが――クリスは敢えてそこに触れてくることはしなかった。

「ねぇバッカス。今日も二人前の代金払うわ」

「だからウチは食堂じゃねぇッ！」

ったく――とぼやきながら、バッカスは頭を掻きつつ立ち上がる。

バッカスの脳裏には鶏肉と白身魚が浮かぶ。

どちらも軽い下処理をして、冷蔵庫に入れてある。

「鶏肉と海の魚。どっちがいい？」

「そうねぇ……」

人差し指を口元に当てて少し逡巡してから、クリスはルナサへと笑いかけた。

「ルナサちゃんは、鶏肉とお魚。どっちが好きかしら？」

「えっと、鶏肉……かな？　お魚ってあんまり食べたコトなくて……」

「じゃあせっかくだからお魚に挑戦してみない？」

「はいはい」

両手を手を合わせて嬉しそうにするクリスに、バッカスは嘆息混じりに答えて歩き出す。

「先に上がってるから、お前らも適当に上がって来いよ」

言い放つように口にしてから、バッカスは工房の入り口へ向かう。

そんなバッカスの背中に、クリスが声を掛ける。

「そういえばバッカス。あなたさ、以前に誤解を招かず運を招けって言ってたじゃない？」

「言ってたか？　イマイチ覚えてないが、それがどうした？」

「来てるんじゃないかなって。運。まぁ、運は運でも女運ってやつだとは思うんだけど」

クリスは自分とルナサを示して笑う。

それに対してバッカスは、嘲笑するような顔を見せてから、一蹴した。

「女難の間違えだろ」

「否定できないわね」

「否定しないのッ!?」

何やら驚いているルナサの声を聞きながら、バッカスは工房から出ると、自宅への階段を上がっていく。

「魚……魚か。骨を取るのが面倒だが、ダエルブに乗せたり挟んだりして、フィレオフィッシュみたいのでも作りますかね」

タルタルソースもどきの作り方も考えていたところだ。チーズとともに挟むのも悪くないかもしれない。

せっかくだから、白身魚に合いそうな酒も開けてしまおうか――などと考えながら、バッカスは自宅の玄関の鍵を開けるのだった。

完全に余談だが、以下がバッカスが謝って許してもらったことの一部である。

『謝って済んできたコトの一例』

・素直に謝った
・ちょっと睨みながら謝った
・ガンつけながら謝った
・殺気ぶつけながら謝った
・目の前で魔術を見せてから謝った
・うっかり魔術誤射ってから謝った
・殴って蹴って受け入れ態勢を整えさせてから謝った
・謝罪を受け入れてもらうまで殴るのをやめない
・謝罪を受け入れてもらうまで蹴るのをやめない
・謝罪を受け入れてもらうまで魔術ぶっぱするのをやめない
・後ろ盾をチラつかせて謝った
・悪友である王子様に横で見てもらいながら謝った
・悪徳貴族に対し偽造書類の証拠をチラつかせながら謝った

悪夢も吉夢も、思い出となり血肉となる

ある晴れた日、特に当てもなくバッカスがフラフラと町中を歩いていると、年輩の女性に声を掛けられた。


「あらバッカス。良いところで合ったわ」

「お？　どうした？」


町の外れの牧場に勤めている年輩の女性だ。確か、牧場主の奥さんだったはずである。

仕事で何度か顔を合わせているので、お互いに顔を覚えていた。


「ちょっと相談に乗って貰いたいコトがあるのよ」

「相談？」

「もし時間があるなら、牧場まで来てくれないかしら？」

「ふむ……」


問われて、少しだけ考える。

そもそも何か予定があったわけでもない。

何より顔見知りからの相談だ。無下にしたくはなかった。


「いいぜ。これからすぐでも？」

「そうしてもらえると助かるね！」


そんなワケ、バッカスは女性に連れられて、彼女が勤める牧場まで足を運ぶのだった。

町の外壁の外にある牧場の一角を見るなり、バッカスは小さくうなずく。

「……なるほど」

「何か分かるかい？」

ここで飼育されている家畜ペーフスは羊に似た魔獣だ。

それらを放牧している牧場の片隅。そこの柵の一部がバキバキに壊れている。

太くて堅い木材で作られているこの柵は、通常の猪系の魔獣の突進程度なら受け止められるだろうシロモノだ。

それが折られていた。

幸いにして飼育されているペーフス自体が大人しく、群れからはぐれるのを嫌う品種故に、ここから脱走したりするようなことは起きてないそうだ。

だが、壊れた原因が分からず、困っているらしい。

「コイツは結構な力業で壊されてるようだが……人間の仕業じゃねーな」

加えて、外側から力が加わり内側に向かって折れているのを見るに、何らかの外敵によるものだと思われる。

「ペーフスに被害は？」

「そっちはなかったんだけどね。餌を置いてある倉庫が荒らされてたんだ」

「同じように壁とか扉をやられたのか？」

「そんなところだよ」

「ふむ……」

だとしたら犯人の狙いは倉庫にあったペーフスの餌だろう。

「餌って、果物とか野菜とかだよな？」

「そうだよ」

「なら、猪系《ボア》の魔獣だろ」

「一角猪《ノロフボア》かい？」

おばちゃんは、この周辺でよく見かける一本角の生えた白毛の猪の名を挙げるが、バッカスは首を横に振って否定する。

一角猪《ノロフボア》に、この柵を壊す力はない。

「恐らくだけどな……モキューロの森からこっちへ流れてきた、はぐれ者の鎧甲皮の猪《ロムラーボア》の仕業だろうな」

バッカスのあげた鎧甲皮の猪《ロムラーボア》は、身体の前半分を鉄の鎧のような外皮で覆った猪系の魔獣だ。

怒らせなければ大人しい草食獣で、目が合ったり、軽くすれ違った程度では攻撃してこない。

だが、その堅い外皮と猪らしい突進力は、ヘタな肉食獣よりも脅威である。

「それもかなり大型に成長している奴だ。倉庫の餌の味を覚えたなら、柵を直してもまた来て壊すぜ」

バッカスの言葉におばちゃんは少し悩む。

「アンタなら倒せるかい？」

「退治するだけなら難しくはねぇが……こっから先は有料だ」

「だよねぇ」

様子を見て原因を特定するところまでならサービスでやっても構わないが、ここから先の仕事を無料でやるには少々問題がある。

「個人的にはやってやってもいいんだが、変な噂が立って魔獣退治をタダでやってくれと言い出す輩が増えても困る。本来、こうやって壊れた柵を見るのだって専門家に頼るなら有料だぜ？」

「そう言われちまうとねぇ……」

おばちゃんは困ったように頭を掻く。

「単に金をケチりたくて俺に声を掛けたってんならここまでだ。俺を信頼して調査と退治を頼みたいなら、ここから先は有料だ。」

ちなみにお値段はこちら——と、バッカスが指で示す。

その金額におばちゃんは何とも言えない顔をする。

そこらの雑魚魔獣と異なり、鎧甲皮の猪《ロムラーボア》は中級の何でも屋《ショルディナー》でも、退治するとなれば死の危険のある魔獣だ。

バッカス以外に頼むにしても、それなりに腕のある何でも屋《ショルディナー》に依頼する必要が出てくるので、どうしたって割高になる。

ましてや、鎧甲皮の猪《ロムラーボア》は怒らせると凶暴になる上に、非常にしつこい。

硬い外皮のせいで正面からでは生半な攻撃は通らないのだ。

外皮だけでなく凶悪な牙も持っている為、それの刺さりどころが悪ければ命に関わる。

「俺の本業は職人だが、一応副業で何でも屋《ショルディナー》もやってるからな。そっちの同業者たちの為にも、厚意で出来る仕事の枠を越えるような内容なら、無料で受けるワケにはいかねぇのさ。魔獣退治ってのは、豊作になった作物のお裾分けなんかと同じようにはいかねぇんだ」

バッカスの話を聞き、悩んでいたおばちゃんは一つうなずくと、告げた。

「わかったよ。バッカス。ここから先は依頼だよ。鎧甲皮の猪《ロムラーボア》となれば、退治できる人がすぐに名乗りをあげて貰えるとは思えないからね」

「了解だ。直接依頼《ライブクエスト》ってコトで、後で何でも屋ギルド《ショルディナーズ》への事後報告を頼むぜ」

「あいよ。悪いね。バッカスが提示した金額だってずいぶんと安くしてくれてるって分かってはいるんだけどねぇ」

「出費が痛いのは分かるぜ。抑える為にケチるのも別に悪いこっちゃねぇ。ただケチり方を間違えると出費よりも痛い目を見ちまうだけださ」

「言葉の上では分かってはいたんだけどねぇ」

苦笑するおばちゃんに、バッカスは皮肉げながらも優しさをにじませた笑みを返すと、壊れた柵へと手を掲げた。

「永遠岩《えいえんいわ》の修繕師よ、永久《とわ》ならん門を直せ」

そしてバッカスが呪文を口にすると、時間が逆戻りするかのように、柵が元の形に戻っていく。

「いいのかい？」

「応急処置だよ。強度はだいぶ落ちてる。ぶっちゃけ見た目だけだ。だからちゃんと専門家呼んで直してもらいな。その時、その専門家には魔術で応急処置をしたってコトだけは言っといてくれよ」

「分かったわ」

「このまま使い続けて問題が起きても俺は知らねぇからな？」

「念を押さなくても分かってるよ」

苦笑するおばちゃんを見、大丈夫そうだと判断したバッカスは柵を乗り越えていく。

「んじゃあ、ちょいと行ってくるわ」

「ああ！　頼んだよ。気をつけて行っておいで」

牧場を後にしたバッカスは、鎧甲皮の猪《ロムラーボア》の足跡などを確認しながら、その足取りを追いかけていく。

そうして、町の周辺にいくつかある小さな雑木林の一つにいるとアタリを付けた。

「さて、完全に休日モードだったから武器らしい武器は携帯してないが……まぁ何とかなるだろ」

バッカスが気楽な調子で鎧甲皮の猪《ロムラーボア》の探していると、戦闘をしていると思われる音が聞こえてくる。

「ふむ。まぁ行ってみるか」

誰かが退治してくれるならそれで構わない。

報酬は満額貰えないが、調査料くらいは貰えればそれでいい。

気楽な足取りのまま現場へと赴くと、そこは気楽さの欠片もない状況が展開されていた。

「くっそッ、全然効かねぇ！　このッ、テテナを振り回すなッ!!」

テテナというのは、鎧甲皮の猪《ロムラーボア》の牙に太腿を串刺されて振り回されている少女のことだろう。

剣を持った少年が毒づきながら必死に斬り掛かっているが、外皮に防がれて効果がない。

「どうしよう、どうしよう……」

もう一人、魔術士っぽい少年が青ざめた顔で魔術を使おうとして、しかしテテナを巻き込むのを恐れているようで躊躇っていた。

それからもう一人。左足が不自然な方向へとひん曲がって倒れている少年。彼の傍らに弓が落ちているので、弓使いなのだろう。

どうやら意識がないようだ。

よく見れば利き手と思われる方の指も折れているので、目を覚ましたところで役には立たなそうだが。

とりあえず、この場を見てバッカスが言えることは一つだ。

「馬鹿かよ」

どういう形で鎧甲皮の猪《ロムラーボア》と交戦することになったのかは分からないが、それだけは言える。

何せこの猪は、怒らせなければ逃げるのは容易いのだ。

しかも、猪にしては沸点もそこまで低くない。

――にもかかわらず、初心者パーティとはいえ、ここまでしつこくやられるほど怒らせるというのは、よっぽどのことをしたのだろう。

魔術士の少年は青ざめた顔でこちらを見るが、バッカスは無視。

ついでに言えば、彼がこちらに声を掛けようとすらしないのはよろしくない。

バッカスの姿を見た時に彼がするべきことは、助けを求めるか、警告をするかだ。

だが、魔術士の少年は何もせず呆然とバッカスを見るだけだった。

まぁ声を掛けられたところでバッカスは無視するだけだが。

(鼠の時に後を付けてきたルナサの方が、こいつらより何倍もマシだ)

あるいは、比べてしまうのは彼女に対して失礼かもしれない。

ルナサは確かに直情的だが、一方で自分に出来ることと出来ないことを把握し、出来る限りの手段で状況を改善しようとする気概があった。そういう意味では目の前の彼らとは雲泥の差だ。

何であれバッカスは魔術士の少年の横を通り過ぎ、悪態をつきながら剣を振るう少年の元へ。

「暴れ回りやがって……！　なんで、おれの技が全然効かないんだよ……ッ！」

剣士の少年は必死そうだが、仲間を助けるというよりもボアを倒したり傷つけることに躍起になっている様子が気にくわない。

この期に及んで危機感がないのか、楽観思考を極めているのか。

バッカスは、そんな少年に背後から近づき、その襟首を掴むと――

「邪魔だ」

「え？」

――乱暴に引っ張って、そのまま魔術士の少年のいる方へと放り投げた。

（これ以上、振り回されるのは危険か）

テテナは右太腿に牙が貫通したまま振り回され、全身が青あざだらけになっている。

それでも息はしているようだが、すでに悲鳴も助けを求める声すら上げられなくなっているのは危険だ。

あるいは、猪は振り回したくて振り回しているのではなく、牙に刺さった彼女が邪魔だから取り外すために振り回しているのかもしれない。

何であれ、刺されている彼女からすればたまったモノではないだろうが。

「風を乗り回す鼬《いたち》よ　大空を裂け」

バッカスは手早く魔術を構築すると、右手を振り上げ解き放つ。

そこから放たれた真空波は牙の根本を切り落とす。それと同時に振り回されていた勢いで少女は宙に舞い上がった。

「天空を踊る騎士よ、お転婆を抱け」

だがそれを想定して、準備していた呪文を口にする。

魔術の効果によってクッションのようになった空気で彼女を受け止め、ゆっくりと地上に降ろした。

「う……あ……」

バッカスが駆け寄った時、少女の口から細い声が漏れる。

彼女の姿を見、バッカスは顔をしかめた。

手早く応急処置をするべきだが、まだ猪は健在だ。

しかも、牙を折られてご立腹のようである。

「偉大なる癒し手よ、その軟膏をここに」

彼女に向けて手をかざし、呪文を唱える。

とりあえず、魔術による応急処置を施す。

焼け石に水だが、ないよりはマシだ。

太股に刺さっている牙がなければ、もう少し強めに術を掛けるのだが……。

牙が刺さりっぱなしの状態で強めの治癒術を掛けると、刺さったまま傷口が塞がり癒着してしまう。

何より、治癒の魔術は万能ではない。

対象の体力を利用するのだ。最低限の痛み止め程度ならともかく、傷や痣が完全に消えるような強力なモノを今の彼女に掛けるワケにはいかなかった。

「馬鹿二人。女に刺さった牙を抜いて止血しておけ。時間との勝負だ」

「なんだよッ、アンタ！　急に出てきてッ！」

「それに治癒術が使えるなら、もっと強いのを……」

「状況を見ろ。頭を使え。間違った治癒術を掛ければ彼女は死ぬ」

馬鹿野郎ども――と、罵る時間も惜しい。

会話を続ける気はないので、バッカスは一方的に言い放つ。

それでももう少し警告を――と思ったが、猪が動き出した。

「ちッ、お喋りする余裕はもう無いかッ！」

鎧甲皮の猪《ロムラーボア》がバッカスめがけて突進してくる。

躱すのは容易だが、背後には少女が横たわっている以上、躱すという選択肢は選べない。

「空を飛ぶ大亀よ、城塞を築けッ！」

青の魔力《カラー》と緑の魔力《カラー》が混ざり合い大きな盾となる。透き通った綺麗なマーブル模様の盾は、勢いよく向かってくる鎧甲皮の猪《ロムラーボア》を真正面から受け止めた。

「ちッ、馬鹿力が……！」

その突進力に毒づきつつ、モタモタして仲間を助けようとしない馬鹿二人にも、苛立ちを募らせる。

判断が遅い。行動が遅い。頭の回転が遅い。

剣士としても何でも屋《ショルディナー》としても魔術士としても、どの基準でも素人の基準すら満たせていない。

「空を飛ぶ大亀よ、その魂力《こんりよく》を放てッ！」

盾に追加の魔力《カラー》を込め、そのまま射出する。

「おおおおおお――……ッ!!」

しばらくは鎧甲皮の猪《ロムラーボア》と拮抗していたが、やがて猪の勢いが無くなり、じわじわと押し返せるようになってきた。

そして――

「おらぁぁぁぁ――……ッッ!!」

やがて軍配がバッカスに上がった時、ダメ押しとばかりに魔力《カラー》をさらに込める。

魔力《カラー》の盾がボアを押し返しながら、虚空を滑る。

踏ん張るボアの足が、大地に轍《わだち》を作っていく。

「空を飛ぶッ、大亀よッ、その甲羅を爆《は》ぜさせッ！」

ある程度まで距離が離れると、盾が弾けて衝撃波を撒き散らす。

それに吹き飛ばされ、鎧甲皮の猪《ロムラーボア》はひっくり返る。

もっとも、倒れただけで倒せたわけではないのだが。

「ああ、クソッ！　あの馬鹿力と真正面からのチカラ比べなんて二度としねぇぞッ!!」

バッカスが心の奥底からの言葉を大声で毒づいた時、少年たちとは異なる男の声が聞こえてきた。

「何を叫んでるんだよ、バッカス」

その声の主は、大柄で筋肉質な自称男前魔術士だ。

バッカスの顔見知りであり、この状況において最高のタイミングで声を掛けてきてくれた。

「ストレイ、こっちだッ！　手伝えッ！　人命救助と怒り狂うボア退治の二面作戦だッ！」

「それを一人でやってるのかよッ！」

魔術士ストレイは叫ぶようにバッカスに返しながら、木々を掻き分けてながら駆けつける。

「バッカス君！　あたしもいるよ!?」

「ブーディもいたのかッ、助かる！」

さらに、ストレイの相棒である弓使いの女性、自称正統派美女のブーディも一緒だったようだ。

「ストレイはそっちで倒れてる嬢ちゃんを頼む。ブーディは、怒り狂ってる鎧甲皮の猪《ロムラーボア》退治を手伝ってくれ」

「怒り狂うボアって、鎧甲皮《ロムラー》なのッ!?　ちびっ子のお守りしながら良くまぁ耐えてたわね」

「何もしようとしない無能共だったが、余計なコトもしなかったからな」

ブーディの言葉に、バッカスは普段以上にキツい皮肉顔で、吐き捨てるように答えた。

バッカスのその様子から、ブーディとストレイは状況を漠然と理解したようだ。

そして、すぐにストレイが動き出す。

「お前ら、倒れてる嬢ちゃんは仲間だよな？」

「そ、そうだけど……」

「助けないのか？」

「え？」

ストレイの質問に、呆けた答えを返す剣士の少年。

それだけで、ストレイもだいたい察したようだ。

「良かったな、バッカスが居合わせて。お前たちだけなら、そっちの嬢ちゃんと、気を失ってる弓使いの坊主は、少なくとも今日ここで色魂《しきこん》を五彩《ごさい》の輪に還していたぞ」

動けない仲間をかばいながら、この二人が鎧甲皮《ロムラーボア》の猪と戦えるわけがない。

最終的に二人を見捨てて逃げ出すか、二人をかばいながら一緒に死ぬか。

どちらであっても、バッカスが来なければ終わりだったはずだ。

「手当をする。手伝う気がないなら、そっちで倒れてる弓使いの側にいろ。邪魔だ」

「あの、戦闘は手伝わなくても……」

おずおずと訊ねてくる魔術士の少年に、ストレイは一瞥もせずに答える。

「鎧甲皮《ロムラーボア》の猪程度ならあの二人で十分だ」

それから少女の傍らに膝を付き、魔術の準備を始めた。

傷口と牙が癒着しないように、それでいて出来るだけ痛みを感じないように、繊細な魔術式を刻んだ魔力帯《キャンバス》を展開させていく。

魔力帯《キャンバス》を形状すらも神経を注ぎつつ、牙に触れる。

変な刺さり方はしていないようだ。とりあえず、多少強引に引っこ抜いても余計な傷はつかないだろう。

ストレイがそのことに安堵していると、剣士の少年が話しかけてくる。

「あの猪、そんなに強くないのか？」

剣士の少年ののんきすぎる言葉に、ストレイは思わず牙から手を離して、彼を睨みつけた。

同時に、ストレイの集中が乱れ、構築していた繊細な術式が霧散してしまう。

「猪が弱いんじゃない。あの二人が強いんだ」

「そ、そうなんだ……」

ストレイの眼光に怯む少年。

だが、少年のあまりにも考えなしの行動に、鋭い声で訊ねた。

「おいガキ。テメェはこの嬢ちゃんのコト、本当は嫌いだろ？　殺したいんじゃないのか？」

「は？」

「そうでないならば、なぜ今そんな質問をした？　オレの邪魔をしたいのか？　これから手当しようとしている奴の邪魔をするなんて、この嬢ちゃんのコトが嫌いじゃなきゃ出来ないぜ？」

「いや、あの……」

「何も出来ないなら倒れている弓使いのところにいろと言った。なぜ言うコトを聞かない？　お前はオレたちを巻き込んで自殺でもしたいのか？」

「えっと、でも……」

「明確な理由もないのに、戦闘と治療が同時進行している現場でその態度か？　状況を分かっているのか？　危機感の薄い新人ってのは良くいるが、よもやここまで危機感のない馬鹿がいるとは思わなかった。いいか？　オレにとって今のお前は、猪同様に殺すべき敵だぞ。仲間が二人やられて危機感を抱かず邪魔なコトしかしない者など、緊急時には荷物以下だ。無価値なんかじゃ生ぬるい。切り捨てるべきゴミだ」

　ストレイは少年へ向けて手加減抜きの殺気を叩きつけ、冷酷な声で告げる。

「弓使いの近くで待機。指示じゃない命令だ。従わないなら死ね。邪魔だ」

　ストレイにここまで言われてなお何か言おうとする少年。

　だが、彼が口を開く前にストレイの右の拳が少年の顔面を殴りつけた。

「縦の四、横の八、緑の突風」

　続けざまにストレイはよろめく少年に向けて手を掲げ、呪文を口にする。

　その呪文通りに突風が解き放たれ、少年を弓使いのところまで吹き飛ばした。

　素直に従って弓使いの側に移動していた魔術士の少年が小さく悲鳴をあげたが、知ったことではない。

「次は無ぇ」

　吐き捨てるように告げてから、ストレイは一度目を瞑る。

　ささくれだった神経を落ち着けるよう深呼吸をする。それから改めて少女に刺さった牙に触れるのだった。

「そういや、お前らは何でここに居たんだ？」

　ブーディとストレイという助っ人を得て余裕が出たバッカスが、いつもの調子でそんなことを訊ねる。

「ん？　なんかこの辺り鎧甲皮の猪《ロムラーボア》の目撃情報があったのさ。調査と退治の依頼だよ」

起きあがった猪を真っ直ぐ見据えながら、ブーディが答えた。

それに、なるほど――とバッカスが相づちを打つ。

「つまりアイツか」

「アイツだろうね。そういうバッカスは？」

「知り合いの牧場の柵が壊されててな。依頼を受けて調べてるうちにアレと遭遇した」

「ありゃま。依頼内容被った？」

「討伐報酬はそっちが持ってっていいぜ。こっちは調査と結果さえ報告できればいいから」

「あんがと。ほかに要望は？」

「肉は欲しいな」

「流石は現代の美食屋。外皮と毛皮は貰うよ。牙は一本ずつ分けようか」

「いいぜ。そっちに肉は必要か？」

「んー……全部あげるから、その肉を使ったボア料理ごちそうしてよ」

「面倒だが、肉が貰えるならまぁいいか」

ボアの動きに注視しながらの情報交換と、報酬や素材の分担相談を終わらせた二人は、それぞれに構える。

「んじゃまぁ、とっとと終わらせますか」

「いやぁバッカス君の料理が楽しみねー」

そうして二人は、危なげなく――その上で各種素材を傷つけないよう注意しながら、無事に鎧甲皮の猪《ロムラーボア》を倒すのだった。

鎧甲皮の猪《ロムラーボア》の騒動から数日後――

「お邪魔しまーす」

「邪魔するぜ～」

バッカスの工房に、ブーディとストレイがやってきた。

先日は現場に居なかったストレイの仲間も一緒だ。

小柄で童顔な美少女のような外見をした成人男性ユウと、すれ違ったらすぐに顔を忘れてしまいそうなモブ顔男性のブラン。

二人ともバッカスとはそれなりの仲だ。

「バッカス、自分に関して失礼なコトを考えなかったか？」

「何言ってんだブラン？　相変わらず地味な顔だな～くらいのコトしか考えてなかったぜ」

「それを失礼なコトだと言ってるのだよ！」

「あははははは。バッカスさんとブランは相変わらず仲が良いんだねぇ」

笑うユウに、バッカスはドヤ顔でうなずく。

「だろ？」

「だろ――ではないッ!?」

どうやらブランは、その顔がお気に召さないようだ。

「ねぇ、バッカス君」

「ん？」

ブランとじゃれあうように軽口を叩きあっていると、ブーディがちょっと言いづらそうに声を掛けてくる。

「一緒に連れて来ちゃった子がいるんだけど」

「ん？」

「この子」

「えっと、どうもです」

ブーディに紹介されペコリと頭を下げた少女に、バッカスは見覚えがあった。

「先日は助けて頂きありがとうございました」

「どういたしまして。大丈夫そうで何よりだ」

「おかげさまで何とか。でもしばらくは、運動禁止なんですけど」

松葉杖をついたその少女の名は――確かテテナ。

鎧甲皮の猪《ロムラーボア》の牙に腿を貫かれ、振り回されていた少女だ。

「そこは受け入れるしかないだろ。生きているだけ儲けモンのような状況だったんだぞ」

あの時は、顔も全身も傷だらけ痣だらけだったが、その辺りは体力がある程度回復してから、魔術治療で綺麗にされたのだろう。素顔はなかなかの美少女だ。

「分かってます。うちのリーダーが、助けに来てくれたバッカスさんたちに失礼をしたみたいで」

「ふむ。あの剣士と魔術士の二人よりは、見込みはありそうだな」

弓使いに関してはまったく関わってないので分からないが。

「このまま伸びるとブーディみたいなタイプに成長しそうだよな」

「それってあたしのような正統派美女になるってコト？」

ひょこっと横から顔を出して訊ねてくるブーディに、バッカスは無言で肩を竦める。

「それ、どういう反応よ！」

思わずブーディがツッコミを入れると、他の三人が笑う。

それに釣られて、テテナも笑い出す。

「ま、とりあえずだ。そこのテーブルと椅子を広い場所に出しておいてくれ。上から、料理を持ってくる」

各々が了承するのを確認すると、バッカスは工房から出て二階の居住区へ向かう。

ややしてバッカスが戻ってくると、彼は分厚い板のような魔導具を一つテーブルに用意し、その上に鍋を乗せた。

「何だこの魔導具？」

「小型コンロ」

「は？」

ストレイの問いに事も無げに答えてから、バッカスが魔導具に付けられた魔宝石に魔力《カラー》を通す。

すると、シュポっという音とともに小さな火が、魔導具の中央に灯り、鍋を温めだした。

「マジでコンロだよ」

呆然とするストレイ。

そんなストレイの横からひょこっと顔をだして、ユウが訊ねてくる。

「バッカスさん、これって売り出される？」

「完全に趣味の一品だからな。商業ギルドにも、魔導具ギルドにも、何の申請もしてないな」

『勿体なさすぎるッ!!』

気楽な口調でユウに返すと、ストレイたちのパーティは口を揃えた。

「お、おう……そうか？」

「多少の重量があれど、小型で持ち運びが容易という利点は何事にも代え難い」

「ブランの言うとおりだ。焚き火では出来ない、繊細で暖かな料理を旅の途中で食べられるのは大きいんだぞ！」

「どうせあたしとユウに料理させるクセに、二人とも必死すぎない？　まぁでも、気持ちはすっごい分かるけど」

「ホントだよねぇ……それはそれとして、このコンロは欲しい」

ストレイたちの熱烈な言葉に、若干引きながら、バッカスは下顎を撫でる。

「一般用に改良するのも難しいんだがなぁ……まぁ考えてはみるか。前向きに検討させて頂きます――ってやつだな」

『それ検討するだけで絶対実行しない奴の言うセリフ！』

ブーディとユウの同時ツッコミを無視して、バッカスは水と酒を入れた鍋の中に黒緑の薄いボロ布のようなものを入れた。

「あの、それ……何ですか？」

その様子を不思議に思ったのか、テテナが訊ねてくる。

それに、バッカスは素直に返事をした。

「ん？　ウブノクっていう草だ」

「ウブノク？」

「海辺に生える草でな。まるで水中にいるかのようにゆらゆらと揺らめきながら生えてるんだ。それを乾燥させたモノだよ」

「知らない草です」

バッカスも実際に生えているところは見たことはない。

話を聞く限り、ワカメのようなものが、陸上に生えているようだが。

そんなウブノクは、昆布のような味の良い出汁《フオン》が出る。乾燥させてボロ布っぽい見た目になったものをわざわざこうやって鍋に入れる理由には十分だ。

「何で乾燥した草なんか入れるんだ？」

「アンタは出汁《フオン》について調べて出直しなさい」

ストレイの疑問に、バッカスが答えるより先にブーディが答える。

それにたじたじになっているストレイを無視して、ユウがバッカスに訊ねてきた。

「草で出汁《フオン》を取るっていうのは初めて見ましたけど、でも出汁《フオン》を取るってコトはスープとかですか？」

「最終的にはな」

「？」

ニヤリと笑って答えてから、バッカスは鍋の中にショウガとネーグル・ノイノーを入れる。

ネーグル・ノイノーは前世の太ネギに近い長ネギだ。

生で食べるには辛いのだが、火を入れて柔らかくしてやると辛みが落ち着き甘みと旨味がグッと増して美味しくなる。

「なんとも少量だな。この人数で食べるには些か少なそうだが」

「まぁコイツらは主役じゃないからな」

「ブーディからの注文はボア料理だ。主役はこの間のボア肉だぜ？」

そう告げると、バッカスはわざわざ収納の腕輪の中に隠していた、皿に盛られた薄切りボア肉の山を取り出してみせた。

「お肉だ～～～～！」

前のめりでノリノリなのはブーディだ。

あまりにも勢いとテンションが高すぎて、周囲が若干引いている。

「テテナ、食えるか？」

「え？　はい。ボア肉は好きですけど……どうしたんですか？」

「お前をボコボコにしてたボアの肉だからな——嫌悪感とかあるかな、ってな」

「そういうのは全然まったく。むしろ良くもやってくれたな！　仕返しに美味しく食べてやる！　くらいの気持ちです」

テテナの言葉に、大人たち五人は問題なさそうだと笑みを浮かべた。

「うんうん。問題なさそうで何より」

「やっぱテテナちゃん見込みありそうねぇ～」

なぜが自分の株が上がっているという事実に気づいて、テテナは首を傾げる。

「たまにいるんだよ。魔獣に喰われそうになった経験から、魔獣肉を食えなくなる奴」

「そりゃあ生きている魔獣は怖いですけど、ここまで薄切りにされちゃったら、もう襲って来ないって分かるから安心しませんか？」

「皆が皆、テテナのように思えないというだけだよ」

「……と、いうと？」

逆方向に首を傾げるテテナに、ブランが補足するように告げる。

「そういう奴もいる——とだけ覚えておくといい。将来、そういう奴と出会った時に、適切な対応が出来るようになる」

「はい！」

ストレイの言葉に元気良くうなずくテテナの素直さと、大怪我しても落ち込んでいない精神の強さは、何でも屋《ショルディナー》として大事なものだ。

是非とも無くさないで欲しいところである。

「そういや他の連中は？」

テテナだけがここに来て、他のメンツがいないのは少々気になる。

バッカスが訊ねると、プンプンという音が聞こえてきそうな様子でテテナが答えた。

「わたしを置いて冒険しに行きましたよ？　面白そうな魔獣討伐依頼があったとかで。酷い日にあったばかりだから調子乗るなって言っても聞いてくれないんですよー！」

あざとくほっぺたを膨らませているように見えて、わりと真面目に怒気をはらんだ声を出すテテナ。

結構な鬱憤が溜まってそうだ。

「確かに人の話を聞かない男だったたな」

云々《うんうん》——と相づちを打ってくれるストレイに気を良くしたのか、テテナが叫ぶ。

「そもそもアイツら、わたしが死ぬ寸前だったコトを反省してないんですッ!!」

そして、その言葉にバッカスたち五人は同時に「うあー」という表情を浮かべる。

「医術師さんから、しばらく右指に無理させるなって言われてるのに、ケイヌンを連れてっちゃうし！」

「ケイヌンってのは弓使いか？」

「はい」

「そいつ、断らなかったの？」

「馬鹿リーダーのタッティは押しが強すぎるから、ケイヌンやハイブはよく押し負けちゃうんですよ」

「それでケイヌンとやらの指が完全に壊れて弓が使えなくなったらどうする気だ？」

「そこまで考えてないと思いますよ。なったらなったで、オレは悪くないとか何とか言ってグダグダ言い訳して逃げ出すだけです」

「実感こもってるなぁ……」

　苦笑するユウに、全員が同意する。

「幼なじみですからね。昔からの付き合いだから分かりますよ」

「田舎から出てきて何でも屋《ショルディナー》始めるよくあるやつか」

「まさにそれなので何も言い返せませんね」

　ストレイもバッカスも、何人か似たような経歴の人物に心当たりがある。

　過去に、そういうパーティが全滅したり解散したりするのも目の当たりにしている。それどころか看取ったこともある。

　テテナのパーティが、バッカスやストレイの看取ったパーティリストに名を連ねなかったのは、偶然によるものでしかない。

　正直、このままズルズルと幼なじみだからという理由だけで付き合うのは危険だぞ――と、バッカスたちが老婆心を抱いた時、テテナがスッパリと告げる。

「今までは小さい頃からの情で付き合ってきましたけど、もう愛想が尽きました！」

「……と、いうと？」

「何でも屋《ショルディナー》は続けます。でもパーティからは抜けます」

晴れ晴れとした顔のテテナに、バッカスたちは顔を見合わせる。

それから、代表してストレイが彼女に尋ねることにした。

「おそらく、君がいたからパーティが回っていたと思うんだが……。君が居なくなれば間違いなく崩壊するし、最悪三人とも五彩輪《ごさいりん》に還えりかねないぞ？」

「そうですね。その時は間違いなくわたしは泣くと思います。それも大泣きで、パーティを離脱したコトも後悔するかもしれません。でもわたしは警告も忠告も何度もしたし、ストレイさんたちのように、色んな人からもしてもらいました。それでも聞き分けず、好き勝手やった末路なら、仕方ないじゃないですか。大泣きはします。後悔もします。でも絶対その現実は受け入れます。それがわたしの選ぶ未来です。あいつらの為に、自分の未来を犠牲にしたくありませんから」

彼女の中ですでに別離の覚悟が出来ている。

それならば、外野がどうこういうのも無粋だろう。

そして、そんなテテナに感じ入るものがあるのだろう。

ブーディが彼女の手を取って訊ねた。

「ねぇ、テテナちゃんにその気があるならさ、しばらくうちのパーティで経験積まない？」

自分が何を言われたのか分からないのか、テテナはしばらくキョトンとしてから――

「是非、お願いします」

――理解に至ると同時に破顔して、力強くうなずいた。

鍋に張られた湯もまた、良い具合に煮立ってきたタイミングの出来事だった。

「さて、鍋もいい具合になってきたし、そろそろ喰うか」

「いや沈んだボロ布と一緒に、ショウガとネーグル・ノイノーがまばらに浮いてるだけにしか見えないだけど!?」

バッカスの言葉に、ブーディが思わず声を上げる。

だが、それにバッカスは答えることはなく、収納の腕輪からさらなる肉や野菜の盛られた皿をテーブルに並べていった。

「貴重な神具《アーティファクト》を便利なトレイくらいにしか思ってないのか、君は」

「便利な道具なんだから便利使いしてナンボだろ。道具ってのはありがたがって拝むモンじゃなくて、ありがたがって使うもんだぞ」

ブランのツッコミに、バッカスは皮肉げな笑みを返しながら、腕輪から人数分のカトラリーと小さめのトングを取り出していく。

「このトングは何？」

「こうするのさ」

食材、カトラリーの準備を完全に終えたバッカスは、トングで薄切り肉を一枚持ち上げる。

「この薄切り肉を、スープにくぐらせるんだ」

バッカスが手本として、動作を見せる。

ややして、色が全体的に白くなってきたところで取り上げる。

「火が通って色が変わったら取り出し、軽くスープを切ってから手元の皿に移す。あとは好きに味付けして食べる。野菜とかも一緒に泳がせて、肉で巻いて食っても美味い」

手本として作った一枚を自分の小皿に乗せて、塩とスパイスを柑橘系の汁で溶いたタレを、小さなスプーンですくうと、それに掛けた。

　そしてタレの掛かったボア肉を口に運ぶ。

「やっぱ、鎧甲皮の猪《ロムラーボア》の肉は旨いな」

　ボアの中でも鎧甲皮の猪《ロムラーボア》の肉は、前世における高級な豚肉を思わせる味なのだ。

　上質な脂の甘みに、柔らかな肉質、少量でもハッキリと主張してくる豚の味。

　仄かに効いた昆布の風味も良い感じだ。

　塩ダレの塩気によって、より甘く。

　塩ダレの酸味によって、さっぱりと。

　いくらでも食べれそうな味になる。

「最後に自分で完成させる料理ってコトね！」

「そんなところだな。あと、面倒くさがってまとめてやろうとするなよ。綺麗に熱が通らず、生を喰うコトになる。鎧甲皮の猪《ロムラーボア》は、他に比べれば生でもイケるが、当たったときは他のよりキツいらしいしな」

　火を通す分は問題ないので、しゃぶしゃぶで食べるなら大丈夫だろう。

　バッカスが警告したところで、それぞれにトングを手にしたのだが――

「テテナちゃん。最初にどうぞ」

「そうだな。仕返ししたいんだろ？」

「いいんじゃないかな」

「気持ちの決着という意味では悪くないだろう」

ブーディがテテナを促すと、全員がそれに乗った。

テテナはそれに戸惑うも、小さくうなずいて、肉を一枚手に取った。

「綺麗なお肉……わたし、これに振り回されてたんだ」

明かりに透かすように持ち上げた肉に、テテナが呟く。

それに、ストレイたちがわちゃわちゃと反応した。

「肉には振り回されてないと思うぞ……」

「いやだがこのボアに振り回されていたのは事実だろう？」

「牙が刺さってたんだから振り回してたのは牙じゃない？」

「果たしてテテナちゃんは何に振り回されていたのか」

「なんか無駄な哲学的になってないか……？」

そんなストレイたちを困ったような顔で見ているテテナに、バッカスは気にせず喰えと示すと、彼女はうなずいた。

「色が白くなるまでくぐらせて……」

火の通った肉を自分の小皿に乗せ、小さなスプーンですくった塩ダレを垂らす。

トングをフォークに持ち替えて、ボア肉を刺すと、それを口に運ぶ。

「あ」

すると、思わずといった様子でテテナが声を漏らした。

それからほっぺたに手を添えると、蕩けそうなほど幸せそうに声を上げる。

「美味しぃ〜〜〜〜」

本当に幸せそうで、見てる大人たちまでほんわかしてきてしまう。

「こんな柔らかいお肉はじめてです！　刺されて振り回された甲斐があったかもしれません！」

「テテナちゃんが刺されて振り回されたから美味しくなったワケじゃないからね？　正気に戻って！」

力一杯叫ぶテテナに、ブーディが慌ててツッコミを入れる。

「柔くて、甘くて、筋とか全然なくて、タレがしょっぱいんだけど、おかげでお肉はすごい甘くなって、ちょっと酸っぱいのが、また食べたくなって……！」

「わかった。美味しいのは分かったから落ち着いてくれ」

味について力説――してるんだけど要領の得ない――食レポに、ストレイが制す。

そんな感じでブーディとストレイがテテナと遊んでいるうちに、ブランとユウがさっさと自分の肉をくぐらせ始めていた。

「じゃあ食べようか、ブラン」

「ええ。頂きましょう」

バッカスの用意したタレを掛けて二人も肉を口に運ぶ。

そして二人も目を輝かせた。

「これッ、すごいッ！」

「単純な料理なのに、これほどとは……ッ！」

「あ、二人とも抜け駆け～ッ！」

「ブーディ、オレたちも喰うぞ！」

「もちろん！」

全員が一枚目の肉を口にして驚いているのを横目に、バッカスは細切り野菜をガサっと鷲掴みして、鍋の中へと放り込む。

「火が通った野菜も、肉と一緒に食べてみな」

「野菜かぁ……」

「まぁまぁブーディ。バッカスさんが言うんだから従ってみようよ」

「そうねぇ……」

あまり野菜が好きでないのか、ブーディはやや乗り気ではなさそうだが、ユウは積極的に野菜を掴んだ。

「あ、ネーグル・ノイノーがすごい柔らかくなってる！」

クタっとした太長ネギ《ネーグル・ノイノー》に肉を巻き付けて、ユウはそれを口に運ぶ。

「わッ、すごい！　何これネーグル・ノイノーがすっごい甘い！」

「そいつは熱を通すと辛みが落ち着いて甘みが増すんだ。肉と一緒に喰うと最高だろ？」

「うんッ！」

耐性のない男なら一発で落ちてしまいそうな極上の笑顔を浮かべるユウ。その様子にバッカスも満足そうに笑う。

あまりにもユウが美味しそうに食べるから――と、誰に言い訳しているのやら独りごちつつ、ブーディもマネをして食べる。

言葉はなくとも、決死の表情が至極の表情へと変わるのを見れば、何を感じているかは察することが出来る。

「この細切り野菜も良いな。このタレと一緒に食べると、この野菜だけでもいくらでも食べれる」

「肉が旨いのは当然としても、野菜もここまで旨く食えるとはな」

ブランとストレイからの評判も上々だ。

「野菜も肉もまだまだあるからな、どんどん喰ってくれ」

五人が好き好きに楽しんでる光景を見ながら、バッカスは皮肉っぽい造作の顔に楽しげな感情を浮かばせて、腕輪から肉と野菜を追加していく。

野菜と肉のダシがたっぷり出た湯を、半分はスープにして、残り半分はお米を入れて雑炊にし、最後まで美味しく頂いたのだった。


ボアしゃぶパーティーから二週間ほど過ぎた頃――

「ストレイとロックが揃って歩いてるなんて珍しいな」

見覚えのある大柄の魔術士と、同じく見覚えのある中肉中背の――前世でいうホストっぽい雰囲気の――剣士が並んで歩いていた。

剣士ロックは、この町においてストレイと並ぶ実力と知名度を持つ何でも屋《ショルディナー》だ。

彼は彼で自分のパーティを持っている為、別パーティのリーダーであるストレイとツーショットでいるのは珍しい。

「ストレイのところと合同で仕事だったんだよ」

「泥肉《どろにく》拾いだけどな」

「そんで今は二人で教会と郵便屋巡りの最中さ」

「そうかい」

泥肉拾い――その言葉で、バッカスは二人をからかう気持ちが完全に失せた。

それは、何でも屋《ショルディナー》たちの隠語の一つ。とある仕事を指す言葉だ。

何でも屋《ショルディナー》の仕事の中でもトップクラスでやりたくない仕事の一つだ。

とはいえ、それは信用のある実力者、ないしは実力者パーティにしか依頼されない、ギルドからの信頼の証とも言える仕事でもあった。

ギルドから支払われる報酬も、そう悪いものではない。むしろ難易度の割りには高額と言って良い金額なことも多い。

だが、それでもやりたがる者は少ないだろう。少なくともギルドから信頼されるような何でも屋《ショルディナー》で、この仕事をありがたがる者はいまい。

泥肉拾いとはつまるところ、仕事に行ったきり帰って来ない同業者の遺体探し。あるいは死体漁り。あるいは遺品回収。それらと併行して現場状況の調査も含まれたりする。

「それでもお前らが合同ってのは珍しいだろ？」

パーティの実力を考えれば、片方だけで十分なはずだ。

だが、ストレイは首を横に振る。

「この間、本来いない場所に鎧甲皮の猪《ロムラーボア》が居たからな」

バッカスの疑問は、ストレイの言葉で氷解した。

「その前にも、エメダーマの森に鼠が出ただろ？　まぁ色んな保険込みなのさ」

付け加えられたロックの言葉にも納得だ。

例え行方不明になったのが素人パーティであったとしても、出先に想定以上の魔獣が待ち構えている可能性――それを考慮したギルドの判断だったのだろう。

話が区切りを迎えたところで、ストレイが言いづらそうにバッカスに声を掛ける。

「あー……バッカス。先週食べた『ボアしゃぶ』だったか？　アレをまた作っては貰えないか？」

「ん？　また鎧甲皮の猪《ロムラーボア》が出たのか？」

「いや、それは後でオレが調達してくる」

ストレイの言葉に、バッカスは首を傾げる。

ロックは何か言いたげな顔をしているが、口を出す気はないようだ。

「今な、ギルドの裏手で、ウチの新入りが大泣きしてるんだよ。悲しさと後悔でいっぱいいっぱいだ。

ついでにウチの元紅一点が貰い泣きで号泣してる」

「ブーディのそういうとこ、嫌いじゃないぜ」

「わかる」

思わず茶化すような言葉を口にするバッカスに、ロックも同意を示した。もちろんストレイも同意するが、今はそういう話をしていない。

「さておき――新人が大泣き、ね」

その言葉の意味は、先週ボアしゃぶを共に食べた者なら理解できる言葉だった。

「だからボアしゃぶ、か……」

「ああ」

「だが、あいつならそのうち自分の足で歩き出せるだろ」

「そうは言っても、歩き出すコトと気持ちの整理が付くコトとは別だろ？」

「お人好しだねぇ、ストレイ殿は」

おどけた調子のバッカスに、ストレイもおどけて返す。

「その言葉そっくりそのまま返してやるぜ、バッカス殿」

何とも言えない気持ちを、皮肉げな顔で覆い隠して軽口を叩きあう二人を見ていたロックも、ボソりと呟く。

「どっちもどっちだと思うんだよなぁ」

「アンタもな！」

「お前もな！」

「ちぃッ、藪蛇った！」

三人はアホらしい睨み合いをしばらくし——やがて誰ともなく息を吐く。

そして、バッカスが漏らした。

「悪夢も吉夢も、正夢になっちまったっていうなら、思い出と経験に変えて、血肉にしてくしかねぇんだよな」

それに二人もうなずく。

「何でも屋《ショルディナー》や傭兵なんて家業は特にそうだよなぁ～」

「別にオレらだけじゃない。生きていくってのはそういうモンだろ」

どんな思い出にするか、どんな経験にするか、どんな血肉にするか——それは同じような出来事に遭遇したとしても、人によって違うだろうが。

「ロック。お前も鎧甲皮の猪《ロムラーボア》を持ってくるなら、歓迎するぜ。贔屓《ひいき》の為にメシを作る気はねぇが、クソッタレな仕事とその後味の悪さを打ち消す為の宴会に俺の料理と工房を使いたいってんなら、協力してやる」

「いいね。バッカスのメシが食えるってんなら、調達するよ。泥肉拾いは初めてじゃないが、やっぱ何度やっても良い気はしないしな。ましてや拾った泥肉がまだ駆け出しのガキとなると……」

ロックはやれやれ——と頭を掻く。

調子乗ってた奴らの末路と言えばそうだろう。

大多数の人間からすれば、よくある新人の死亡事故。

だが関わってしまえば、良くある事故だと片づけ難い気持ちになるのもわかる。

「酒は各自用意するコト。工房に保管してある酒はやらんからな！」

そうして、バッカスは二人と別れ、町の雑踏へと溶け込んでいく。


号泣するのは、そこに情があったからだろう。

後悔するのは、そこに思い入れがあったからだろう。

どれだけ馬鹿でも、幼なじみで、一緒にパーティを組むだけの仲だった。

彼女の芯と覚悟の強さは、そんな幼なじみたちを生かす為に培われたものだったのかもしれない。

彼女の献身と貢献を理解せず、無自覚に甘えていた連中だ。

大なり小なり、この結末は迎えていたかもしれないが――

「あんな良い女を泣かせるなんざ、やっぱ馬鹿野郎どもだったな」

雑踏の中、小さく小さく呟やかれたバッカスの言葉は、誰の耳に届くでもなく、風に溶けて消えていった。

どうあっても、正体不明な奴もいる

この世界スカーバは、バッカスの持つ日本人の知識から見ると、間違いなく剣と魔法のファンタジーだ。

だからこそ、日本人ないし地球人としての常識からズレたところも多々ある。

とはいえ、バッカスは転移ではなく転生だし、赤子からのスタートだったので、この世界に馴染むことはそう難しいことではなかった。

日本人や地球人の視点で見ると意味不明なモノも、この世界の視点で見ればそう変でもない――なんてことも良くある話。その逆も然りだ。


「正体不明の魔獣っぽい何か、ねぇ……」

何でも屋《ショルディナーズ》ギルドの来賓室。

そこに置かれた高めのソファに腰を掛けて向かい合うのは、バッカスとギルドマスター・ライルだ。

ライルから説明を受けたバッカスは、面倒くさそうに眉を顰めていた。

「ロックたちのパーティが見かけたって話でな」

「なら、その調査をロックたちにさせれば良いだろ」

この町ケミノーサの中でも上位に入る何でも屋《ショルディナー》の名前を出しながら、二人は睨み合うように顔を向け合っていた。

「得体が知れなさ過ぎるんだ」

「知るかよ。その手の調査と対策は何でも屋《ショルディナー》と領衛騎士の仕事だろうが」

町の近隣に現れたらしい謎の存在。

それが町や住民に対して脅威であるかどうかの調査となれば――バッカスの言う通り、何でも屋《ショルディナー》や騎士の仕事だ。

「魔術を使ってきたって話だ」

「別に魔術を使う魔獣なんざ珍しくはねぇだろ。そもそも魔植獣《ましょくじゅう》と一般的な動植物との差異に関する定義は、内包する魔力《カラー》を魔術なり彩技なりに変換し、外部へ放出するコトが可能かどうかだ。その定義に従えば、人間だって魔獣だぞ」

　バッカスの言い放つような解説に、ライルは軽く肩を竦める。

　舌戦でバッカスに勝てるワケがない。それを理解しているから、ライルは小さく嘆息し、真面目な視線をバッカスに向けた。

「素直に言おう。オレのカンだ。下手な何でも屋《ショルディナー》に任せられる案件じゃない気がする。ロックやストレイでも不安がある。だからお前に頼りたい」

　真っ直ぐに向けられたライルの視線と言葉に、バッカスは居心地が悪そうに身動ぎしてから、頭を掻く。

「しゃーねなぁ……」

　バッカスが大きく嘆息しながらも、引き受けてくれそうな態度になったことに、ライルは小さく安堵する。

「情報資料をよこせ。家帰って読んでから、準備して向かう」

「恩に着る」

「報酬は弾めよ」

「常識の範囲でな」

「正体不明の非常識を相手取るかもしれないのに、報酬を常識に納めるのかよ」

　バッカスが資料を手にギルドを出ていくのを確認してから、ライルは改めて盛大に安堵の息を吐くのだった。

自宅で資料を読み、装備を整えたバッカスは、すぐに目撃情報のある雑木林へと向かう。

（影だけ見るとバルーン種のようだったたって話だが、さて……）

バルーン種とは宙に浮かぶ球体の魔獣だ。

漫画的表現で描かれた魂の形に似てるかもしれない。ひょろりとしている部分は、バルーン的には尻尾になるのだが。

大きさはバスケットボールサイズから、ちょっとしたタルくらいのサイズまでいる。

それが、全国のどこにでも基本種なり派生種なりが分布しているのだ。

前世で例えるなら、この世界のマスコットに選ばれてもおかしくないほど世界中どこでも見かける存在である。

もっとも、人間の顔にも似たその顔は、常に苦渋と苦悶に満ちていて、可愛げなんぞ微塵もないから、マスコットに選出されるなどまずありえないだろうが。

強さはピンキリ。

ただ基本種であり、誰もが知っているノーバルーンという個体は、駆け出しや見習い……なんなら子供の戦闘訓練にも使われるくらい弱い。

空中――と言っても大人の胸くらいの高さが限界だ――を漂い、体当たりを主に使ってくるが、大したことはない。

もちろん、上位種ともなればもっと高く飛んだり、身体を硬質化させて体当たりしてきたりと危険度は増す。

だが、強い個体は、ほとんどレア種族なので、遭遇率は非常に低い。その上位種との遭遇率の低さも特徴と言えば特徴だろう。

人間を簡単に殺せるようなバルーンは、それこそ秘境や洞窟などの最奥付近に行かないと出会うことはない。

（となれば、バルーン種である可能性は限りなく低いんだが……）

ゼロ——とは言い切れない。何らかの理由で上位種がこの辺りへと迷い込んだという可能性を否定できないのだ。

（上位種だったとしても、俺が勝てるレベルだと助かるんだがなぁ）

クリスとメシューガを呼んでパーティを組む必要があるような相手は勘弁願いたい。そんな強い魔獣と、常識的な報酬だけで戦ってなどいられない。

（報告書にはこの辺りだと書いてあったが……いないな。ロックたちの見間違いか……バルーンがどこかへ流れたか……）

バルーンに似た魔術を使う魔獣が実在するなら、少々厄介だ。

ただのバルーンだと思って攻撃しようとして、返り討ちにあう人間が増えかねない。

（クソ、正体不明で生態も行動原理も分からん相手を探すのは骨だぞ）

胸中で毒づきながら、バッカスは雑木林を一回りする。

だが、結局それらしき影は見あたらなかった。

「実在するならすでに移動してる……か？　肉食にしろ草食にしろ、ここ以外で豊富な餌を求めるなら、レーシュ湖。それからモキューロの森だな」

情報を整理するように口に出し、バッカスは次の目的地へと目を向ける。

「方角はほぼ同じ。湖に寄り道しつつ森だな」

そうしてバッカスは雑木林をあとにして、レーシュ湖を目指し歩き始めた。

領都ケミノーサとモキューロの森の近くには関所がある。

領都とその関所を繋ぐ街道の途中から脇へ行ったところにある小さな湖。それこそが、レーシュ湖と呼ばれる湖だ。

「お？　ドブロじゃん。釣果はどうだ？」

その静かな湖畔で、釣り竿を垂らしている男が一人。

バッカスの酒飲み仲間で鍛冶師のドブロだ。

「ん？　バッカスか。全くだよ。急に魚が食いたくなって勢いでやってきたんだがな」

あくびをかみ殺しながら答える姿を見るに、それなりに長いこと糸を垂らしてたのだろう。

「今日はもうダメかもなぁ」

「そいつは良い話だ」

「良くねぇよ」

顔をしかめるドブロ。

そりゃあドブロにとってはそうだろう――と胸中で苦笑してから、バッカスは少しだけ真面目な顔をした。

「ちと妙な魔獣の目撃情報があってな、調べてるんだよ」

「……なるほど。安全の為に帰れって話か」

「そういうコトだな」

「どんな魔獣だ？」

「知らん。バルーンに似てるって情報しかないんだよ。だから帰り道で、バルーン種の魔獣に出会った時、注意してくれ。いつものように軽くあしらおうとしたら、五彩輪にいましたって可能性もある」

「なに？　それほどの危険なのか？」

「魔術を使うらしい。どこまでバルーン種に似てるかは分からねぇが、ソックリだったらマズい」

「うむ……」

「道中で遭遇して運良く逃げられたら……」

「分かっている。何でも屋《ショルディナーズ》ギルドに駆け込むさ」

そのやりとりで、ドブロなら大丈夫だろうとバッカスは安堵する。

「それじゃあ帰るぜ。バッカスも気をつけて調査しろよ」

「ああ」

テキパキと片づけをして去っていくドブロを見送ってから、バッカスは息を吐いた。

「ここで釣れないのも珍しい。まぁ全くないワケじゃないしな」

とはいえ、雑木林の鎧甲皮の猪《ロムラーボア》、エメダーマの森に現れた餓鬼喰い鼠《パンディック・タロ》なんかを思うと、ドブロのボウズも無関係でないのでは？　などと思ってしまう。

「仮に原因があるとすれば……」

静かな湖畔からモキューロの森の影を見る。

別にカッコウの鳴き声などが聞こえてくるワケではないし、そうでなくても外から見る分には怪しい気配などなさそうだ。

「考えすぎかねぇ」

そんなことを考えていると、ピクリとバッカスの耳が動く。

バッカスは表情をしかめて、こちらに近づいてくる人間ではない気配に意識を向ける。

「ゴブリン、か」

そして相手の姿を確認して呟いた。

それは人間の子供程度の身長で、やや赤い肌に尖った鼻と尖った耳を持つ小鬼《エルチル・アーゴ》とも呼ばれる――分類としては――魔獣だ。

ボロを身体に巻いていたり、適当に削った枝や石をくくり付けた棒を装備する程度の知能はあるのだが、性格は単純で、難しい思考を苦手とする。

一匹一匹はそこまで強くないのだが、その知能でもって集団戦闘を行うこともあり、群れに囲まれると少々厄介な相手だ。

いたずら好きで雑食。

また単純であるが故に、自分が楽しいと思ったことを繰り返す習性がある。

前世の物語ではよくあった繁殖の為に他種族を襲うようなことは、この世界のゴブリンは基本的にしない。

だが、繁殖の為ではない、遊びとしての性交に楽しみを見い出した個体などは、その限りではない。

それはさておき――

「この辺りにいるゴブリンといやぁ、国境の向こうの山にしか居ないはずなんだがな……」

森の向こうに見えるその山の姿を確認し、バッカスは首を傾げた。

（エメダーマの鼠といい、そういうのが野生の生き物界隈で流行ってるのかねぇ……）

生息圏から少々離れてはいないだろうか。

「まぁどちらであれ、悪さされる前に片づけた方がいいな」

見た限りは四匹程度。群れで山から降りてきたワケではなさそうだ。

放置しておくと四匹でも繁殖して集団化するので、今のうちに退治しておこう――そう思って、バッカスがゴブリンたちへと近づいていくと、少々違和感があった。

「なんだ……？」

ゴブリンたちはフラフラと歩いている。

元より落ち着きのない子供のように動き回るゴブリンたちだが、それとはどうにも違う。

「覇気……いや生気を感じないというのが近いか？」

口に出してみるとしっくりくる。

あのゴブリンたちからはどうにも、生命力を感じないのだ。

本来の色に比べると赤黒い肌には張りがなく、ところどころ皮膚がひび割れている。

ギョロ目は必要以上に眼窩が落ち込んでいるし、耳まで裂けた口の端からは、涎が垂れ放題。

それも通常時の、何が面白いのか笑い上戸のように笑って涎を飛ばしているのとは違う。

ただただ口を開けたまま、垂れ流しているだけのように見える。

そして何より――

「あれは……剣、か？」

腹、心臓、頭、背中。

それぞれのゴブリンの身体に、半ばで折れた刀身のようなものが突き刺さっている。

頭と心臓に刺さっている個体は、そもそもどうしてまだ動いているのかも不明だ。

「ゴブリンゾンビってか？　モキューロの森に、黒属性の魔力《カラー》溜まりでも発生したのかね？」

魔力溜《カラー》まりの影響で魔獣――いや生き物に変化が発生することはある。

ゾンビの発生などはまさにそれだ。

墓地などで黒属性の魔力溜《カラー》まりが発生したりすれば、墓場から死体が顔を出すこともある。

だが――口に出してはみたが、どうにもしっくりこない。

「モキューロの森の場合、黒の魔力溜《カラー》まりが生まれる要素が少ないんだよな」

さらに言えば、そもそもゴブリンがこの辺りにはいないはずなのだ。

ゴブリンゾンビという存在が、モキューロの森近辺にいることそのものが異常と言えるだろう。

「考えても仕方がねぇが、こりゃあ未確認のバルーンも信憑性が増してきた気がするな」

どちらにせよ、討伐するべきなのは間違いない。

バッカスは小さく息を吐いてから、ゴブリンたちの前に飛び出した。

やはりというか、予想通りというか――ゴブリンたちはバッカスを見ても騒ぐことがない。

本来のゴブリンであれば、好奇心でちょっかいを掛けてくるか、獲物と認定して襲ってくるか、どっちでもないならいきなり逃げ出すか。

なんであれ、騒がしいことは間違いないはずである。

「あ、ぎゃ……がが……」

「ぐぎゃ、あ……が……」

「が……あ……ぎゃ……」

「ぎゃぐゃ…………が」

くぐもった、あるいは掠れてしまいそうな声を出し、ゴブリンたちはバッカスを見た。

焦点の合わない目だ。

どこを見ているのか分からないのに、だけど間違いなくこちらを見ていると分かる。

「嫌な気配をしてやがる。とっとと片づけちまうか」

ただのゴブリンとして相手をする気はない。

何らかの脅威として、手早く排除してしまおうとバッカスは魔噛を構える。

「がぁぁ……」

「ぎぃぃ……」

「ぐぁぁ……」

「げぇぇ……」

すると――バッカスの想定よりも早い動きで襲いかかってきた。

だが、バッカスは慌てることなくゴブリンたちを見据え、姿勢を低くして駆け抜ける。

「吹《ふ》ッ！」

呼気とともにゴブリンたちの隙間を縫って背後へ。

その右手にはいつの間にか抜かれていた刃が、陽光を反射していた。

チン――と、刃が納刀され、鍔と鞘が擦れた音が響く。

次の瞬間、ゴブリンたちの四肢が切り落とされた。

しかし――

「……この状態で動く、か。まさにゾンビじみてはいるが……」

もちろんまともに動けているワケではないのだが、だるまになった状態でも、まるで痛みがないかのようにもがいている個体がいるのだ。

不気味に思いながらも、バッカスは頭に剣の刺さっているゴブリンの首を刎ねる。

それでようやく動きを止めた。

「挙動は確かにゾンビなんだが、妙な違和感があるな」

このまま放置するのも少々厄介そうだ。

直感ではあるのだが、バッカスはその直感にしたがって、火の魔術を放つ。

「とりあえず、火葬だよな」

火に包まれたゴブリンたちが、その身体に刺さった刃ごと灰となる。

唯一、頭に刃が刺さっているゴブリンの頭だけが残ったのだが――

「……さすがゾンビ。頭だけでも生きられるってか？」

眼球が僅かに動いている。

大本がゴブリンなのでそれ以上のことはできないだろうが、ゾンビ化していた魔獣によっては魔術でも放ってきたかもしれない。

「怪しいのはこれだよな」

ゴブリンに突き刺さった刃を自分の手を傷つけぬよう慎重に引き抜く。

それから頭部も、さっきと同様に火の魔術を放って灰にした。

改めて、引き抜いた刃を観察する。

薄汚れた刃だが魔力《カラー》を帯びているようだ。

魔導具や魔剣を解析するように、刀身に刻まれた術式を読み解こうとして、バッカスはうめいた。

「なんだこりゃ？」

まるで、字もめちゃくちゃ汚なければ、参考に添えられた図式すら雑に書かれたノートを読んでいるような気分になる。そんな術式が刻まれている刃だ。

むちゃくちゃな術式だが、読みとれる範囲だけでもあまり気持ちの良いモノではなさそうだ。

「これは帰ったらちゃんと調べるべきだな。ゴブリンゾンビに関しちゃ、ギルドへ報告か。バルーンを探しに来て、ゾンビと遭遇とは笑えねぇな」

あるいはそのバルーンもゾンビだったのか。

「いや元がバルーンじゃあゾンビになっても魔術は使えないはずだ」

なんであれ、厄介ごとの予感をひしひしと感じながら、バッカスは嘆息する。

適当な布を取り出して、刃を丁寧に包んでから腕輪にしまう。

そのタイミングで、バッカスは人が近づいてくる気配を感じた。

「今度は何だ？」

目を眇めて気配がする方を見れば、クリスがルナサとミーティを引き連れて走っている。

かなり慌てた様子だが――

「バッカス！」

「どうした、そんなに慌てて」

「二人を連れてモキューロの森で採取をしていたんだけど、ゾンビと遭遇しちゃって」

「は？」

思わず変な声が出る。

恐らく、バッカスが今退治したゴブリンゾンビも無関係ではないのだろう。

「ゾンビって初めて見たけど、すっごい怖かったです……」

「元が人間だって分かっちゃうから、ちょっと……夢に見そう」

「人間、ね」

初めて見てしまったならばキツいだろう。

「なぁ、そのゾンビって身体のどこかに剣が刺さってなかったか？」

「よく分かったわね、バッカス。心当たりがあるの？」

「少し、な」

驚くクリスに、どう答えたものかと思案し、小さく息を吐いた。

「ガキ二人はとっとと帰れ。そしてギルドに報告しろ。思い出したくもないだろうが、どういう状況で遭遇し、どんな姿をしたゾンビだったのかを正確にな。あと、剣の刺さったゾンビと遭遇した時、その剣に気をつけろ。機会があったらミーティ——お前さんは剣や、剣による傷を鑑定しといてくれ。それとバルーンに似た強力な魔獣の目撃情報が出てる。バルーンに遭遇しても可能な限り無視して逃げろ」

バッカスのいつもとは違う固い声色に、二人もただならぬ何かを感じたのだろう。

そのただならぬ雰囲気に呑まれたように、ルナサもミーティも素直にうなずいた。

「クリスは俺に付き合え。そのゾンビの調査と退治をする」

「構わないけど、どうしたの？」

「ゴブリンゾンビの群れと遭遇した。嫌な雰囲気がしたから完全に灰にしたが、どの個体にも身体のどこかに刃が突き刺さっていた」

その説明で、クリスの意識も完全に切り替わっただろう。

「了解した。調査は間違いなく必要だ。付き合おう。二人はバッカスの指示に従って帰れ。ここから先は、足手まといを守りながらでは戦えない事態もあるかもしれん」

普段の明るいお姉さん然としたクリスとは異なる、騎士らしい顔に切り替わったクリスを見て、二人は息を呑んだ。

「いくわよ、ミーティ。二人がこんな真面目な顔をするなんてただ事じゃない」

「う、うん……」

「二人ともちゃんと帰ってきてよ！」

「心配すんな。調査するだけだよ。さっきも言ったがバルーンに似た化け物が彷徨《うろつ》いているって話だ。お前らも気をつけろよ」

心配そうな顔のルナサに、バッカスはとっとと帰れと手であしらう。

「ほら、ミーティ! 心配なのは分かるけど、本気で今の私たちは足手まといなの! やるべきコト
をやるわよ! チカラのある人たちがその責任を果たそうとしているんだから、チカラの無い私たちもまた、その責任を果たさないと！」

「え、ちょッ!?　ルナサ、引っ張らないで……！　ルナサってば～！」

ミーティを引きずりながら町へ戻っていくルナサを見送って、バッカスとクリスは顔を見合わせる。

「いくぞ。モキューロで何らかの異常事態が発生している」

「そのようだ。だが、ほどほどで切り上げるぞ。夜になる前には帰るべきだ」

「ああ。真っ昼間からゾンビが出るんだもんな。夜になったらどうなるか分かったモンじゃねぇ」

「アンデッドに昼も夜も関係ないが、夜の方が厄介だからな」

ゾンビは黒属性の魔力《カラー》によって強化される。

そして夜になると、世界に黒の魔力《カラー》が増す。

ゾンビに限らず夜行性の生き物や、夜になるとチカラを増す魔獣というのは、世界に満ちる魔力《カラー》量の変化が要因である。

「バルーンっぽい謎の魔獣にも気をつけてくれ。只今、調査の真っ最中ってやつでな」

「問題が多すぎるぞ。だが、どれも調査は必要か……厄介なコトだ」

ともあれ、バッカスとクリスはモキューロの森へ向かって歩き出すのだった。


「あれだな」

「ああ」

モキューロの森に入ったバッカスのクリスの二人は、茂みの陰からゾンビの様子を伺う。

胸当てを貫通し、心臓に突き刺さった刃。

乾燥し、カサカサにひび割れた肌。

理性も正気もなければ、覇気も生気もない動き。

「なるほど、ゴブリンゾンビたちと同じ感じだな」

「やはり突き刺さっている剣が原因か？」

「共通点はソレだしな。あとは腐るのではなく乾燥しているのもか。そこも通常のゾンビとは異なる点だし、ゴブリンゾンビとの共通点でもある」

ともあれ、あの乾燥ゾンビが急に現れた原因も調べる必要があるだろう。

「あの制服……だいぶ汚れているが、ブイリュング王国の兵士の制服ではないか？」

「隣国の兵士のゾンビがなんでこんなところに……？」

ゾンビの様子を伺っていて気づいたことを口にしたクリスに、バッカスは目を眇めた。

「ゴブリンもブイリュング王国の山に多く生息してたよな……？」

「時折、国境付近の山から下りてきた個体が、この森やレーシュ湖近辺に現れるコトはあるが……」

ゾンビの発生源そのものはブイリュング王国側なのかもしれない。

二人の間に、ブイリュング王国に何か問題が発生しているのでは――という疑問が生じる。

そんな時だ――

「バッカス、大鹿が来た」

「面倒な状況で……」

舌打ちしそうになるのを堪え、クリスが示す方向へと視線を向ける。

見れば、あの鹿は明らかにこちらに狙いを付けているようだった。

まだ襲ってくる様子はないが、無視し続けるのにも無理がある。

「仕方ねぇ、大鹿を片づけてくる。クリスはゾンビを頼む。それとも逆がいいか？」

「いや問題ない。何か気を付けるべきコトはあるか？」

「ふつうのゾンビよりもタフだ。倒せないようなら四肢を切り落とした上で首を刎ねろ」

「了解だ」

「それと、ゾンビ化の影響がどう伝播するかは分かってない。少なくともあの剣の破片で傷を負わんように気を付けろ。あと体液とかも浴びるなよ。可能なら一切の攻撃を受けるコトなく終わらせた方がいい」

十騎士の候補になるだけの実力があろうとも、未知の相手には下手を打つ可能性がゼロではない。

ここで気を付けるべきことを教えておけば、クリスならば上手いことやってくれるはずだという信頼があった。

「案外、心配性だな」

「素体が強いとゾンビも強くなる可能性があるからな。保険だよ」

からかうようなクリスの言葉に、バッカスは皮肉げな笑みを返す。

そして、お互いの獲物をしとめる為に二人は動き出す。


クリスは静かに茂みから出る。

（バッカスは妙にあの剣を警戒していたな。魔剣技師の直感に、何か引っかかるコトでもあるのか？）

だが、その警戒は信用に足るものだ。

ならば、自分はバッカスの忠告を素直に聞き入れて戦うだけだ。

「あ……ぁぁが……」

ゾンビが呻きながらコチラを見る。

その動作は緩慢だが、元は隣国の兵。それなりに訓練を積んだ者である可能性があった。油断はしない。

クリスは細身の長剣を引き抜くと、白の魔力《カラー》を込めて振るう。

「白影瞬塵《ハクエイシユンジン》！」

一見すると一振り。

だが、白い魔力《カラー》に彩られた無数の刃が同時にゾンビに襲いかかる。

速度を極めたバッカスの瞬抜刃と比べると遅いが、一般的に見れば脅威以外の何者でもない、圧倒的な速度で繰り出される無数の連続斬撃。

四方八方から襲いかかる攻撃は、ゾンビの全身をズタズタに切り裂いていく。だが、さすがはゾンビというべきか。バッカスの言う通りタフなようだ。緩慢な動きではあるが鈍ることなくこちらへと歩み寄ってくる。

「素直に四肢を切り落とすべきだな、これは」

バッカスの言葉の意味を実感したクリスは、剣に緑の魔力《カラー》を込めて切れ味と強度を高めた。

「変に彩技を使うよりも、単純強化の方が効果がありそうだ」

そして、ゾンビが攻撃してくるよりも先に、首を含めて四肢を全て切り落とす。

「……分かってはいたが、ゾンビはこの一体だけではなさそうだな」

森の奥から、何かが続々と近づいてくる気配がある。

今倒したゾンビと同じ服装のゾンビが三体。

この森に生息する大型の兎——刃歯の緑兎《ラゲッタ・ハトウート・ネエイルグ・チブバル》に、刃が突き刺さった個体が三匹。

さらに、刃の突き刺さった餓鬼喰い鼠《パンディック・タロ》も一匹混じっている。

「これは……ッ!?　まさか隣国の陰謀や不始末の類ではないだろうな……ッ!?」

どれだけゾンビが増えているのか分からないが、目に見えたゾンビを全て倒すだけでは終わらなそうだ。

（キリがないようであれば、撤退も視野に入れなくては……）

調査から生き残りへと意識を切り替えながら、クリスはバッカスの様子を伺うように視線を向けた。

バッカスは、突撃する大鹿《エグラハク・ギビ・ノシネーブ》が自分に注目するように、わざと大げさに目の前に飛び出して見せる。

クリスの方に行かれると困るので、これでこちらに目を向けてくれればいいのだが——

「……って、おいおい。マジか」

いざ、大鹿の前に飛び出してみれば、その鹿の首に剣が貫通していた。

「こいつもゾンビだったたってワケか」

大鹿はバッカスに狙いを付けたようだが、突進してくる様子はない。

この鹿型の魔獣は地球のヘラジカをスマートにしたような大きな体を持っている。角は三叉矛のようになっており、敵を見つけると勢いよく突進してくる習性を持つ――はずなのだが――不思議とその素振りがない。

ゾンビ化したことで、元の習性が失われてしまっているのだろうか。

「とりえず斬るか」

通常の大鹿よりも動きが鈍いのであれば、バッカスにとっては脅威でもなんでもない。突進をしてこないのであればなおさらだ。

一瞬で首を切り落とす。

首なしでも襲ってくるかと警戒していたバッカスだったが、首が落ちると同時に、パタリと胴体も倒れ伏す。

「……首から上は健在ってか」

地面に転がる首は目を動かしてこちらを見てくる。

「……いや、待てよ」

ふと思いつきで、地面に転がる首を見る。

刃が突き刺さっている場所よりもやや上の部分を切断した。

すると、頭部は完全に死に絶えたように動かなくなる。

先のゴブリンゾンビたちの様子を思い出し、バッカスの中でひとつの結論が出た。

「このゾンビどもに関しては、突き刺さった剣の破片が心臓ってワケだ」

ゾンビ対策としては重要だろう。

クリスもゾンビを倒し終わっているだろうし、合流してもう少し奥——可能ならば発生源を調べたいところだ。

そう考えて抜いたままだった剣を納めた時、何かが近づいてくる気配を感じてそちらに視線を向ける。

「おいおい、マジかよ……」

ゴブリンが五匹。

刃歯の緑兎《ラゲッタ・ハトウート・ネエイルグ・チブバル》が二匹。

突撃する大鹿《エグラハク・ギビ・ノシネーブ》が三匹。

そして、服装がバラバラの人間が四匹。

もちろん、その全てに剣の破片が突き刺さっている。

「こりゃあ……付き合い切れねぇぞ。ヘタ打てば、俺たちまで連中の仲間入りしかねないッ！」

吐き捨てるように独りごちて、バッカスはクリスの方へと視線を向けた。

偶然、二人の視線が交差する。

どうにもクリス側にも魔獣のゾンビが現れているようだ。こちらよりも数は少なそうだが——

「バッカス、撤退だッ！」

「異議はねぇッ！　怪我だけは気を付けろよッ！」

「そちらもなッ！」

そうして二人は撤退の為に駆けだした。

木々や茂みを縫って、何とか併走する形で合流する。

ゾンビたちの動きは緩慢だが、明らかにこちらを追いかけてきていた。

「町まで連れていけないぞッ！」

「分かってるッ、ここらで撒くさッ！」

バッカスは視線で先に行けと告げると、足を止めて振り返る。

向かってくるゾンビたちへと手を掲げた。

黒の魔力《カラー》をベースに、緑の眷属神である霧の神と、青の眷属神である夢の神への祈りを混ぜ合わせ、魔力帯《キャンバス》に術式を刻み込む。

「光通さぬ悪夢よ、道阻む壁に至れッ！」

バッカスの呪文と同時に、掲げた手からぶわっと――ドス黒いモヤのような、あるいは真っ黒な霧のようなモノが出現して周囲を包み込んだ。

端から見ると怪しくて黒いモヤっとした塊でしかないが、中に入ると方向感覚や五感を狂わせる効果を持つ。

ゾンビたちにどこまで通じるかは分からないが、目眩ましとしては十分だろう。

バッカスはすぐにクリスと合流し告げる。

「今のうちに、一気に退こう」

「了解だ」

二人は走る速度を上げて、モキューロの森から抜け出すのだった。

●○●○●

急いで領都まで戻ってきたルナサとミーティは、そのまま何でも屋ギルド《ショルディナーズ》へと駆け込んだ。

慌てて入ってくる少女二人を見て、小馬鹿にするような顔をする者たちもいる。

だが、彼女たちはそれを無視する。

多くの利用者は、彼女たちが出入りしているのを知っているし、下級向けの仕事なら難なくこなしているのも見ているからだ。

何より、彼女たちの様子は、普段の彼女たちを知っている者からすれば異様な感じに見えたのだから、警戒もするだろう。

ルナサとミーティは一目散にカウンターへと駆け寄ると、受付の女性に声を掛ける。

「バッカスとクリスさんから伝言ッ、至急ギルマスにって！」

端的に、ルナサはそう告げた。

一から状況を説明するべきかもしれないが、悠長にしている余裕はない。

受付嬢に、ギルマスに……と一回一回説明する時間も勿体ない。

ならば――と、とっととギルドマスターに説明するべきだろうと判断したのだ。

もっと言えば、ミーティが餓鬼喰い鼠《パンディック・タロ》に誘拐された時、真っ先にバッカスに声が掛かったことを思い出したというのもある。

ギルドはバッカスを信用しているようだし、無視はしないのでは？　と。

――ルナサはそう考えた。

「ルナサちゃん、よっぽどのコトみたいね。待ってて、呼んでくるわ」

「お願いッ！」

そして、ルナサのその考えが功を奏した。

受付の女性は即座に判断を下し、ギルドマスターを呼びに行ってくれるようだ。

受付の女性が席を離れるのを確認すると、ルナサはすぐに身体を反転させて、ギルド内を見回す。

「何でも屋《ショルディナー》のみんなッ、これからモキューロに行く予定なら、それは一旦待ってテッ！　ギルマスに判断を仰ぐ内容だけど、モキューロでちょっとふつうじゃないゾンビの群れが出たのッ！」

「ちょっとふつうじゃないゾンビだってさ！　はははは！　お嬢ちゃんからすればゾンビはどれもふつうじゃないんだろうな！」

「うるせぇッ、馬鹿は黙ってろッ！」

必死なルナサを馬鹿にした者は、即座に周囲から黙らされた。

その馬鹿に同調しようとした者たちも同様だ。

やりこめられている馬鹿を横目に見ながら、一人の軽薄な雰囲気の男性剣士がルナサに訊ねる。

「ルナサちゃん。君の伝言はバッカスとクリスちゃんからだと言ってたな？　二人は？」

「色々気になるコトがあるから森の様子を見てくるって。だから伝言を頼まれた」

うなずくルナサを見て、僅かに逡巡した男性はもう一つ訪ねる。

「他には何かあるか？」

「えっと、正体不明のバルーンっぽい何かにも気をつけろって言われたかな」

「ああ、バッカスが調査してくれてたのか」

何かを察したらしい男性は小さくうなずき、自分のパーティへと向き直った。

「よし。うちのパーティは、出発を見合わせるぞ。バッカスとクリスちゃんが二人で様子を見ると判断している事態だ。何かあった場合、即座に動けるパーティがいた方がいいからな」

彼のパーティはそれに異を唱えることはなかった。

それだけ、バッカスとクリスが信用されているということなのだろう。

「ふぅ、あとはギルマスに説明するだけね」

「ルナサ……すごいね」

物怖じすることなく立ち回ったルナサに、見ているだけだったミーティが、何とも言えない顔でそう言った。

「ありがと。でも、やるしかなかったから」

「それはそうなんだけど……」

「何であれ、すんなり進んで良かったわ」

まだギルマスへの報告が残っている。

だが、そのギルマスへと取り次ぐまでに懸念があったのだ。

小馬鹿にされたり、取り合って貰えなかったり。

だけど、その辺りが問題なく、円滑に状況が動いてくれたのは、本当にありがたかった。

そうして、ルナサとミーティの二人がギルドマスターを待ちつつ、上がった呼吸を整えていると

バンッ！　と大きな音を立てて、ドタドタと入ってくる集団がいた。

「慌ただしい奴らが千客万来だな」

誰かが冗談めかして口にするが、声色は固い。

「どうした？」

「エメダーマの森に、また餓鬼喰い鼠《パンディック・タロ》が出た！」

「誰かが中途半端に傷つけたのか、折れた剣が突き刺さってたのよ」

「しかも妙にタフで、なかなか倒せなかったんだ」

聞こえてくる報告に、ルナサとミーティが顔を見合わせる。

そして、ミーティが声を上げた。

「あ、あの！　その刺さってた剣で、誰か、怪我とかしませんでした!?」

「え？　ああ。大したコトはないぞ……」

「その傷、見せてくださいッ！」

大柄で筋肉質な魔術士風の大男が左手の甲の怪我を見せてくるなり、ミーティはその手を取った。

「ほら、大丈夫だろ？」

「いえ……これは……」

ミーティがその傷口を確認すると、顔をしかめる。

それを見て、魔術士の男性は困ったような顔をした。

「どうした嬢ちゃん、深刻そうな顔を……ぐぅッ!?　なんだ……手が……ッ!?」

だが、ミーティへの問いの途中、急に苦しみ出す。そしてミーティを振り払うようにしながら、たたらを踏んだ。

「きゃあ！」

「ミーティ！」

咄嗟にルナサがミーティを支える。

そして、視線を魔術士の方に向けると、彼は左手首を押さえながら苦しみだしていた。

「みんなッ、その人から離れてッ！　ルナサッ、あの剣……やっぱり生き物をゾンビに変えるモノみたい！」

ミーティが傷口を見たとき、奇妙な魔力《カラー》の淀みというか流れを感じたのだ。

魔術士である彼本人も気づいていなかった、微弱で奇妙な淀み。

今はそれが手の甲を中心にして全身に広がろうとしている。

「ゾンビって！」

「そうかッ、あの餓鬼喰い鼠《パンディック・タロ》が妙にタフだったのは……！」

「ストレイッ！」

魔術士の男性――ストレイという名前らしい――の左手の甲に、刃が生えてくる。そしてそこを中心に皮膚がゆっくりと乾き、ひび割れていくのが見て取れた。

あまりにも異様な光景に、誰もが動きを止める。

どうすれば良いのか、この場に居るベテランたちでも判断が付かない状況だった。

（これからするコトは半ば賭け。根拠があるワケじゃない。だけど――）

その中で一人、物怖じすることなくストレイを見据え、まっすぐに右手を掲げた少女が一人。

（チカラがある者は、チカラがある者なりの責任を果たすべきッ！

それを出来るチカラが自分自身にあるのにやらないのは、持論に対する怠慢だッ！）

心の中で自分自身を叱咤して、ルナサは魔術発動の準備をする。

魔力帯《キャンバス》を展開し、緑の神のチカラを中心に、青の神の眷属たる大気の神に祈りながら、術式を組み
上げていく。

「ルナサッ!?」

「嬢ちゃんッ!?」

ミーティが目を見開く。

術式を読みとれた者たちも、急に何を始めるのかとルナサを見る。

「風乗り狐のきりきり舞ッ！」

術式へと魔力《カラー》を通し、呪文を口にして魔術を発動させる。

ルナサが掲げた右手から、風の刃が放たれて、ストレイの手首を切り落とした。

「止血ッ！」

言うだけ言うと、ルナサは再び右手を掲げ、再び魔力帯《キャンバス》を展開。

次は何をする気なのか——と、ルナサが展開する魔力帯《キャンバス》を理解できる者たちが視線を巡らせれば、それは床に落ちたストレイの手を包むように展開されているのに気づく。

甲に現れた刃はだいぶ大きくなっている。

刃の突き刺さったような姿となったストレイの手が、勝手にカサカサと動いていた。

「ひッ⁉」

誰かが悲鳴のような声を上げた。

今さっきまで人の手だったモノが、理解の及ばない何かへと変化してしまっている光景に、誰もが正しい判断がつかなくなっている。

「冷やし狸の雪合戦ッ！」

そんな混乱の渦中にあっても、少女の冷静な声が響く。

魔術によって地面を這い出したストレイの手を凍り付けにする。

それでもルナサはしばらく手を掲げたまま様子を伺い——どうやら完全に沈黙したようだと判断すると大きく息を吐いた。

次の瞬間、ヘナヘナと床に腰を落としてしまう。

「ルナサ！」

「は、はは……急に、チカラが抜けて……」

ミーティが駆け寄ってルナサに触れる。ルナサは身体を小刻みに震わせていた。

ルナサは人に向けて魔術を使ったことはなかったし、もっと言えば人を傷つける為に魔術を放ったこともない。

いくら相手を助ける為とはいえ、手首の切断なんてことをしてしまったことが、今更ながら怖くなってきたのだ。

「貴女ッ、ストレイに何を……ッ！」

「待て……ッ、ブーディ……ッ！」

「ストレイ？」

床にへたり込むルナサに、ストレイの仲間の女性が怒りをぶつけようとする。しかしそれをストレイ本人が制した。

「すまん嬢ちゃん。助かった。そして嫌な役をやらせちまった」

「い、いえ……えっとストレイさん？　が、無事だったなら、それで」

「ストレイ？　何を言ってるの？」

ほとんどの人が理解できないという顔をしている中、ストレイは手首から先のない自分の腕を見つめ、近くにいた剣士——さっきルナサの忠告に耳を傾けてくれた人だ——に声を掛けた。

「ロック。腕をもうちょい詰めたい。この辺りを斬ってくれ」

切断された手首部分から、子供の拳一つ分くらいの辺りを示すストレイ。

「は？」

声を掛けられた男性——ロックは意味が分からないという顔をする。

「いいから早く斬ってくれ。嬢ちゃんの英断を無駄にしたくない」

「お、おう。わかった……」

それでもストレイの迫力に気圧されたのか、言われた通りの場所を切り落とす。

ストレイは即座に自分の腕を魔術で止血した。

続けて、床に転がった手首の輪切りを凍結魔術で凍らせる。

「オレの傷を見てくれた嬢ちゃん。もう一度見てもらっていいか？　自分でも確認したが、一応、別の奴にも見てもらいたいんだ」

「えっと、はい……」

腕の切断面なんて本当は見たくないといった様子のミーティだったが、それでもストレイの言葉の意味を理解できたのか、確認した。

「たぶん、大丈夫です。さっき見えた淀みのようなモノは、なくなってますから」

「そうか。改めて礼を言うよ二人とも。ゾンビにならずに済んだ」

ルナサとミーティに頭を下げるストレイ。

だが、周囲はいまいち理解が出来ていないという顔をしている。

それを見、ストレイは大きく息を吐いた。

額に冷や汗を滲ませつつ、周囲へ向けて説明を口にする。

「オレたちが戦った餓鬼喰い鼠《パンディック・タロ》に刺さっていた剣。あれは、生き物をゾンビに変えるモノだった。そうだよな、嬢ちゃんたち？」

ルナサとミーティがうなずくのを確認したストレイは、話を続けた。

「そしてあの剣は、あの剣で付いた傷から分体のようなものを生やして、ゾンビ仲間を増やしていく。

実際、オレの左手はゾンビになってたワケだ」

床に落ちたストレイの手が勝手に動き出してたのは多くのギャラリーがが目撃していた。だからこそ、その言葉に説得力がある。

「それに急に手が痛くなってきた辺りから、嬢ちゃんに手首を切られる瞬間まで、オレじゃない何かが頭の中でグチャグチャに暴れ回ってる感覚があったからな。腕の痛みと、頭の中をかき回される感覚に負けてたら、あっという間にゾンビになってたんだろうさ」

自嘲気味に告げるストレイ。

それを聞いて、ストレイ本人が口にした「嬢ちゃんの英断」の意味に、多くの人たちが気がついた。

「知り合いの突然のゾンビ化。しかもギルドという建物の中。ゾンビの身体から生えた剣で傷を負うと、そいつもゾンビになってしまう。嬢ちゃんがオレの手首を切り落とさなかったら、どうなってたと思う？」

それを想像出来た者たちは息を呑んだ。

大災害になりかねない、出来事だ。

ましてや対ゾンビ戦に必要な何でも屋《ショルディナー》たちがそもそもゾンビ化してしまっている状況だろう。

領衛騎士たちの準備よりも、ゾンビ化拡散の速度の方が早い可能性まである。

ギルド内に沈黙が落ちる中、一人の男の声が小さいながらもしっかりと響く。

「なるほどな……なんか騒がしいなと思って黙って聞いてたが、バッカスとクリスが慌てて嬢ちゃんを寄越すワケだ」

「ギルドマスターさん！」

「待たせたな、嬢ちゃん。バッカスたちからの伝言を聞こう」

ルナサとミーティを安堵させるような笑みと、場を引き締める緊張感を漂わせる凄みを同居させながら、ライルが階段から下りてきた。

「身体に刃の刺さったゾンビ……か」

ルナサの報告を受けて、ギルドマスター・ライルが下顎を撫でながらうめく。

実際、ギルドの床には凍り付いたストレイの手が残っているのでいまさら信憑性を問う気はない。

「うん。よく報告してくれた。ストレイの手の件もお手柄だ。バッカスも言ってたが、魔術士としても何でも屋《ショルディナー》としても将来有望だな嬢ちゃんだな」

「え？　アイツが……」

人格はともかく能力は本物のバッカスが、陰で自分を褒めてくれていた事実に、ルナサの頬が無自覚に緩む。

「それに、報告の前にもう一人の嬢ちゃんを魔術学校へ行くよう指示したのも悪くない判断だ」

ミーティは、既にギルドにいない。

ライルへの説明は自分がやるからと、ルナサが学校へ行くように頼んだのだ。

エメダーマの森にゾンビ化した餓鬼喰い鼠《パンディック・タロ》が出た以上、ほかにもゾンビ化した魔獣がいても不思議ではない。

そうでなくても、餓鬼喰い鼠《パンディック・タロ》というエメダーマに生息していない魔獣が再び現れたのだ。

そんな場所へ、いつもの感覚で気軽に出かけられたら、何が起こるか分からない。

生徒たちへの注意喚起をしてもらう為、ナキシーニュ先生か校長先生への伝言をミーティに頼んだのである。

「誰でも良いと言わず、告げるべき相手を明確にしたのも良いと思うぞ」

「そ、そうですか」

続けて褒められて、ルナサは口角をさらにひくつかせた。

真面目な場面なのであまりニヤけるのはよろしくないと思うのに、口元が動いてしまう。

「さて、嬢ちゃんは一度帰っていいぞ。嬢ちゃんがしてくれた報告を受けて、どう動くかを考えるのがギルドマスターの仕事だからな」

「いや、でも……」

「初めて人に向けて攻撃魔術を使ったんだろ？」

「……はい」

「剣なんかの武器と違って、魔術ってやつは手応えのようなモノを感じづらいらしいからな。学校での授業や、自主鍛錬で気軽に使っていたモノが、実は危険なモノだったと嬢ちゃんは自覚したんだ。今はまだ興奮やらなにやらで実感はないかと思うが、実感が湧いてきたらやばいぞ」

「やばい、ですか？」

「おう。何でも屋《ショルディナー》や騎士、傭兵なんかが、『新人病』と呼ぶ症状が出てくるはずだ」

「新人病？」

「もう一人の嬢ちゃん含めて、今日は枕元に水と洗面器でも置いておけ。夜遅くか、明日の朝か――いつになるかは分からないが、間違いなく突然目が覚めて吐くぞ」

「え？」

「今日だけは親と一緒だったり、デカいぬいぐるみを抱きしめたり、何なら仲の良い友人に近くにいてもらいながら寝た方がいい」

「ええっと、よくわからないけど、わかりました」

あまりにもギルドマスターが真剣に言うので、ルナサは素直にうなずく。

「ああ、それと。どんなにシンドくても、明日はギルドに顔を出してくれ。今日の件の報酬を用意しておくし、聞きたいコトや話したいコトが増えてると思うからな」

「はい」

「それじゃあ、気をつけて帰れよ」

そうしてルナサがギルドから去っていくのを見送ったところで、ストレイのパーティメンバーである女性ブーディがライルに声を掛ける。

「ギルマス、あの子たち大丈夫かしら？」

「さぁな。新人病だけは、どうにもならんだろ」

新人病は、初めて人を殺したり——そうでなくとも、人を殺せるようなチカラを魔獣などにぶつけるなどした時になることの多い精神病のようなモノだ。

無自覚に自分が使っていたチカラの危険性などを自覚することで、多大な精神負荷による体調不良を引き起こす。

「稀に掛からない人もいるけど？」

「そういう頭のネジが足りない奴と一緒にしてやるなよ。あの二人は間違いなく掛かるさ」

「真面目で優しそうな子たちだものね」

ミーティは直接手を出してないそうだが、友人が腕を切り落とし、その上で、ゾンビ化の進行状況を確認する為に、ストレイの腕の断面を見ている。

そもそも人が変じたゾンビと遭遇するだけで、大人でさえ結構キツいものがあるのだ。

「それよりストレイはどうした？」

「治療院に行ったわ。落とした手があんな状態だから、再生は無理そうだけどね」

「知り合いの魔導技師を紹介してやるよ」

「紹介もなにも飲兵衛魔剣技師のコトでしょ？」

「説得できりゃこの上なく上等な魔導義手を作って貰えるぜ」

「彼の説得とか、難しそうなんだけど？」

「旨い酒か高い酒。あるいは珍しい食材を一緒に持ってくと説得しやすいかもな」

「それ説得っていうかモノで釣ってるだけじゃない」

「似たようなモンだろ」

ライルはブーディと軽口を叩きあってから、小さく息を吐く。

それでお喋りは終わりだと判断したブーディは軽く挨拶をしてライルの元を離れていった。

「しばらくは、実力のない奴がエメダーマとモキューロには行かないよう手配するとして……あとはバッカスとクリスはどんな情報を持ってくるか次第か」

とはいえ打てる手は打っておくしかないだろう。

「誰か領主邸へひとっ走り頼みたい」

最悪、王都から討伐部隊の派遣を求める必要があるかもしれない。

その為には、事前に報告をしておき、必要な時に流れが淀まず進むようにしておきたかった。

●○●○●

「バッカスッ!?」

モキューロの森から飛び出して、そろそろ一息つこうかと思ったとき、クリスの鋭い声が響いた。

「チィッ!?」

咄嗟にそこから飛び退くと、何かがバッカスの目の前を通り過ぎていく。

「バルーン？」

警戒を強めて視線でその影を追う。

バッカスのその様子に、クリスが安堵《あんど》混じりに告げた。

「この辺りに良くいる赤皮《デル・》のバルーンだ。そこまで警戒する必要はないぞ」

だがそれは、クリスの死角に刃が見えていなかったからの話だ。

「ゾンビ化してるから、良くいる奴じゃねぇな」

「……ッ!?」

バッカスの目にはそれが見えた。

故に、即座に魔噛《マゴウ》による居合いで、刺さった刃ごと両断した。

「あまりモキューロの森に近寄らないはずの赤皮《デル・》のバルーンまでゾンビ化しているとなると、ちょいとマズいかもな」

「ああ。すでにモキューロの外にも広がっているというコトだ」

エメダーマの餓鬼喰い鼠《パンディック・タロ》も、雑木林の鎧甲皮の猪《ロムラーボア》も、ゾンビたちから逃げる為にモキューロの森から出てきた個体だったのだろう。

「ゴブリンたちのように森から出てる個体がいる以上、ゾンビ化した魔獣たちは増えていくかもしれないな」

「すでに傷ついていた魔獣が逃げ延びた先でゾンビ化している可能性もあるワケだしな」

「そうだな」

お互いに嘆息しあって、歩き出す。

モキューロの森の外では、最初の赤皮のバルーン以外は遭遇していないので、そこまで感染が広まってはなさそうだ。

「そろそろ気を抜いて平気かしら?」

「警戒はするべきだろうけどな。そこまで肩を張る必要はないだろ」

仕事モードから日常モードへと切り替えるクリスに、バッカスがうなずく。

あとは帰って報告するだけだ——二人がそう思っていた時だ。

ズルリ、ズルリ……と何かを引きずるような音が聞こえた気がした。

「……まだ気持ちは仕事中にしておいた方が良さそうね」

「これ以上の厄介ごとはゴメンだぞ、クソ……」

毒づきながら周囲を見回すと、バルーンがいた。いや正確にはバルーンらしきモノが浮いていた。

「こいつか……ッ!」

「バルーンとは似て非なるモノだな……」

紫色をしたそのバルーンに似た姿の魔獣は、バッカスとクリスの知識にはない姿の魔獣だった。

バルーンの特徴とも言える苦悶を浮かべた人間の顔っぽいものが、正面だけでなく、左右にも存在している。

頭頂部にはウサギの耳のようなモノが生えており、その身体から不自然に伸びた触手が、一角猪《ノロフボア》を串刺しにして引きずっていた。

「襲ってくる気配はなさそうだが……どうする、バッカス？」

「もうちっと様子は見ていたいが……悠長に見学しててていいのか、悩ましいな」

今すぐにでも魔術で消滅させてしまった方が良いのかもしれないが、未発見の新種などであれば、情報を収集しておきたいというのもある。

どちらが正しいのか判断しかねていると、一角猪《ノロフボア》に刺さっている触手から無数の触手が生えて、さらに突き刺さっていく。

そうして刺さった触手からさらに触手が生えて――を何度も繰り返し、やがて一角猪《ノロフボア》の姿を触手が覆い尽くすと、一角猪《ノロフボア》ごと触手が本体の方へと戻っていく。

「……捕食中だったか」

「バルーン種は、肉食種であれ草食種であれ、ふつうにあの人間っぽい口から喰うんだけどな」

明らかにバルーン型の本体よりも大きい一角猪《ノロフボア》が飲み込まれる。

そしてバルーンもどきはゆっくりとその身体を大きくして、球体から楕円状に変化させていく。

変形したその身体の大きさは、今し方喰らった一角の猪と同じくらいのものだ。

身体の下から生えてきた申し訳程度の突起は、猪の足だろうか。

シルエットだけなら、宙に浮かぶ猪に見えなくはない。

その変化を見ていたバッカスは、魔獣の持つ能力の正体に気がついた。

「そういうコトかよッ！」

「バッカス？」

「アイツはバルーンに似てる魔獣じゃねぇ！　バルーンを捕食することで、バルーンの姿を真似ただけだッ！　あの耳もウサギの耳っぽいんじゃなくて、捕食したウサギを模した耳なんだ」

「では、本来のバルーン種にはない、二つの顔は……」

「捕食した人間だろうよ」

「……ッ！」

瞬間、クリスは戸惑いを押し殺し警戒を高め臨戦に移行する。

やがて一角猪《ノロフボア》を思わせる角が生えると変態は完了したようだ。

続けて、それにくっついた三つの顔をニタリと歪ませ、こちらを見る。

あの魔獣は、こちらをターゲットにしたようだ。

「ゾンビのコトは後回しだ。こいつはここで仕止めるぞクリスッ！」

「ああ……！　ゾンビ以上に放置はマズそうだ……ッ！」

取り込んだ生き物の特徴や能力を使える異形。

そんなものが、ケミノーサの町に入り込んだら終わりだ。

魔術だけでなく、人間の知恵や考え方などを身につけられたら、恐らく手がつけられない存在になる。

「巻き込まれるなよ、クリスッ！」

バッカスはその両手を魔獣へ向け掲げ、手加減抜きの術式を組み立てていく。

広げた魔力帯《キャンバス》へ、黒の魔力《カラー》を注ぎ、黒の神へと祈る。

刻み込む術式は、死、腐敗、破滅の神に関する記述。

「厄災を齎す勇者よッ、英雄の破滅を仰げッ!!」

呪文と共に魔術を発動させる。

見るだけで不安を煽る黒い魔力《カラー》がうねりをあげ奔流となり、魔獣を襲う。

触手を伸ばしてそれを防ごうとする魔獣だったが、衝撃波と化した魔力《カラー》の奔流は、触れた触手を腐食させてから破裂を引き起こす。

そして触手によって防がれることなく本体へ到達した衝撃波もまた、同様の結果を引き起こした。

「触れたモノを腐敗させ崩壊をさせる衝撃波……恐ろしい魔術だな」

冷や汗混じりに賞賛するクリスだが、バッカスの表情は険しい。

「ふつうの魔獣なら、十割に近い確率で即死する魔術だったんだが……」

腐食しきらず、破裂することなく残った部分は、まだ宙に浮いている。

それどころか破裂した部位の断面がボコボコと気色悪く泡立つと、ゆっくりと再生していた。

「まともな生き物かどうかも怪しいな、こりゃあ」

完全復活されても面倒くさい。

「ならば次は私だッ！」

クリスが自分の剣に魔力《カラー》を込めて上段に構えた。

白い魔力《カラー》が剣を覆い、刀身の倍近くに伸びていく。

「獣断閃《ジュウダンセン》ッ！」

彼女はそれを振り下ろす。

光の刃が、異形の魔獣を通り過ぎていく。

やや遅れて、魔獣の身体に切り込みが走り、そこを中心に上下に身体がズレていく。

しかし――

「これもダメか、どうするバッカス？」

「やっぱ真っ当な生き物じゃねーな」

完全に身体が分かれる前に、切断面から無数の触手が生えてくると、お互いに絡みあって元の形に戻っていってしまった。

本気で対応手段を考えていると、魔獣が今度はこちらの番だとばかりに、身体から無数の触手を生やし、それらを一斉にバッカスたちへと放ってきた。

「チィ！　掠るのも危なそうだ」

「同感だ……！」

小さく毒づきあって、二人はその場から飛び退く。

触手は地面を叩いたあと、その反動を利用するように二手に分かれてバッカスとクリスを追いかける。

「甘い」

「邪魔だ」

飛び退きながらも迎撃することへ意識を向けていた二人は、即座にそれぞれの剣で触手を切り落とす。

切り落とされた触手は、地面に落ちたあと、ミミズを思わせる動きでしばらくのたうち回っていたがやがて動きを止めた。

だが、のたうっていた触手の動きを見るに、近づくと巻き付かれそうで、少々厄介だ。

バッカスは魔噛《マゴウ》の鞘に白の魔力《カラー》を込めながら、魔獣を見る。

(面倒な相手だ……)

必要な情報を頭の中で整理し、倒すのに最適な方法を、手持ちの手札から考える。

バッカスが考えている間にもクリスが触手を縫って踏み込み、斬撃を浴びせてはいるが、斬ったそばから再生してしまっていて、焼け石に水ほどの効果もなさそうだ。

(再生力が生半じゃねぇから、切ったり焼いたりはダメだろうな。その再生力を上回る破壊力を持った攻撃が必要だ)

準備に時間がかかるが、手がないわけではない。

(よし!)

と、胸中でどう動くかを決めた直後——

「赤の暴行《ツラッサー》」

「赤の暴行《ツラッサー》」

「赤の暴行《ツラッサー》」

歪な魔力帯《キャンバス》と術式を展開し、魔獣にある三つの口が同時に呪文を発した。

瞬間、魔獣の周囲に握り拳を思わせる形状の雷球《らいきゅう》が現れ、バチバチとスパークを放ちながら飛んでくる。

クリスに二つ、バッカスに一つ。

それを見据えながら、クリスは魔力《カラー》を込めた剣を地面に突き立てた。

「閃輝陣《センキジン》」

地面から光を噴出させ壁を作り出す。

それを横目で見ながら、バッカスは手を掲げて呪文を口にする。

「空飛ぶ大亀よ、城塞を築けッ!」

それぞれに作り出した障壁に、雷球の拳は激突すると、爆発し、衝撃と電流をまき散らす。

だが、それが二人に届くことはなかった。

爆炎と土煙で魔獣との視界が遮られる中――

「クリス！」

バッカスはその名を呼んで、魔噛の鯉口を握り、鍔に親指を当てる。

「貸してやる。時間稼ぎの大技、一発キメろ！」

そして鍔を指で弾いて、鞘から矢のように射出した。

クリスは魔噛を受け取り、その刀身が白の魔力《カラー》を大量に宿しているのを確認するとうなずいた。

「了解。倒せなくても再生狙いで時間を稼げというコトだな？」

「そういうコトだ。頼むぜ！」

そうしてバッカスは軽く目を伏せ、両手を魔獣に向けながら魔力帯《キャンバス》を展開。魔術の準備を始めた。

先ほどと同じく、黒の神に祈りながら、死・破滅・崩壊の神に関する記述を刻んでいく。

だが先ほど以上に、対象を破滅にもたらす効果が大きい魔術の為、慎重に準備を進める。


横でバッカスが強力な魔術を準備していることに気づいたクリスは、魔噛を握る手に力を込めた。

触手の攻撃も、魔術による攻撃も、驚きはしたが大したものではない。

だが、それらを今のバッカスに向けられると面倒だ。

（ただ鋭い刃で両断しても再生される。同じ再生されるにしても、断面が傷ついたり、距離が離れたりしていた方が遅くはなる……か？）

確証はない。しかし、バッカスが大技の準備をしているのを邪魔させないようにするなら、それを試すのも良いだろう。

（やるコトは……さっきと同じだ。だが――ッ！）

今はバッカスが貸してくれた魔剣、魔噛に蓄えられた魔力《カラー》がある。

鋭き美刃《ブラフス・エグデ》はあまり使ったことがない。

それでも斬ることに特化した剣であるというのは知っているので、斬るのに特化した技と合わせれば良いはずだ。

両手で剣を握り、敵を見据える。

(これだけの魔力《カラー》が剣に宿っているなら――)

剣に込められた白の魔力《カラー》が光り輝き、先の獣断閃を越える長さになっていく。

いや、長さだけではない。光の刃は両手用の剣よりもなお長く太く大きくなっていく。

「…………」

クリスとバッカスの二人で魔力《カラー》を高めていることに、魔獣も警戒しているのだろう。

どう動くか悩んだ素振りを見せた。

だが、その迷いが見えただけで十分だ。

「斬るッ！　止められるものなら止めてみろッ！」

声を上げて、魔獣の意識をこちらに向ける。

「グウウウ」

魔獣がこちらに向けて魔力帯《キャンバス》を展開するが――

「遅いッ！」

魔力《カラー》を纏って地面を蹴り、一瞬で懐に回り込む。

同時に、横一文字に剣を振るう。

光の刃が、魔獣を横一線に切断する。

だが、クリスはそれで止まらない。

「おおおおおッ！」

気合いと共に、剣を振り上げる。

光の刃の腹を使い、横一文字の亀裂が入った魔獣を打ち上げる。

そして、それを追うように跳び上がると、光輝く大剣を背負うように構え――

「閃煌竜斬剣《センコウリユウザンケン》ッ！」

それを思い切り振り下ろした。

「おおおおおッ！」

光の刃は魔獣を切断することなく、中程まで食い込むと、そのまま一緒に落下していった。


クリスは魔獣を地面に叩きつけるように剣を振り抜き、光の刃で地面を叩く。

次の瞬間には、眩いばかりの閃光が地面から噴出して、四つに分かれた魔獣が宙を舞う。

それでも、魔獣は死んでいない。

その切断面から触手を伸ばしあって、元の姿に戻ろうとする。

だが――

「バッカス。時間稼ぎにはなったか？」

「ああ。十分だ」

ボトボトと地面に落ちる魔獣の肉片を見据える。

肉片から生えた触手は別の肉片から生えた触手と絡み合いながら、お互いを融合させていく。

ある程度、くっついていくと浮力を取り戻したのかその身体が浮き上がった。

だが、バッカスはそうやって浮かぶのを待っていた。

「破壊を求める御手《みて》よ、冥府の掌握を担えッ！」

放たれたのは、魔力《カラー》の色である黒に染まった衝撃波。

先の術と異なるのは触れたモノを腐食させて破裂するのではなく、触れたモノを振動粉砕していくという凶悪なモノ。

しかも、その振動は破壊前に触れてたモノにある程度伝播していく為、連鎖的に様々なモノを破壊していく。

「キィ、ィィィ、、、!?」

「キ、ピィ、、ィィ、、！」

「ィィィ、ギギィィ、ィ？」

奇声を発する魔獣を見据えたまま、バッカスは告げる。

「近づくなよクリス。触れたモノを破壊する力場が次々と伝播していく術だからな」

「ああ……しかし、先ほどのモノ以上に恐ろしい魔術だな」

一定範囲に広がるころには振動も弱まり、崩壊効果も消え失せる。だが使い方を間違えれば仲間すらも即死させる極悪な魔術である。

使用者であるバッカスですら、ちょっと効果がやばすぎて使うのを躊躇うレベルのシロモノであり、切り札の一つだ。

今回それを向けた相手は宙に浮いており、木々にも触れてない為、直接ぶち当てても周辺への被害は少なかったのも、これを切る決断をさせた要因である。

「さすがにこれも耐えられると、即座に打てる手はないんだが……」

ズタズタに崩れて地面に落ちゆくグロテスクな欠片の群れと化していくのを見て、バッカスは小さく息を吐く。

再生する気配はなく、魔術の余韻が死体の触れた地面を削ることもない。

「終わった……か？」

「どうだろうな」

グロテスクな欠片の群れは動く気配はなく、動きを完全に止めているようだ。

二人はゆっくりとソレに近づいていって様子を伺う。

グロテスクな肉片の中、乳児の小指ほどの大きさをした蠢く何かがいた。二人はそれを凝視する。

オタマジャクシのようにも見える小さなそれは、紫色の極小サイズのバルーンにも見える。

血と肉の海をうねうねと泳ぎながら、脱出しようと試みているようだ。

顔の無いオタマジャクシ。あるいは生き物の精子に近い……姿、かもしれない。

「こいつが本体か」

「あれだけ大きかったのにな……中身はこれだったのか」

もし野生の生き物であれば、通常は大きなサイズになる前に死んでしまうだろう。そしてこの大きさだからこそ、誰にも気づかれずに生まれては死んでいたといったところか。

だが、取り込んだ生物の組み合わせや順番によって、生き延びてしまった存在が、今回のような化け物バルーンと化した――と考えるのが妥当な気がするが……。

「逃がすわけにはいかねぇよな」

「もちろんだ」

クリスはうなずき、自分の剣を抜くと突き立てる。

二人はその小さな生き物に剣を突き立てたまま様子をうかがった。

動き出す気配はない。完全に絶命したようだ。

「これで、本当に終わりだな」

「外側の肉体を失っても本体が生き延びてれば再起できるって、本気で真っ当な生き物じゃねーな」

「真っ当でないならどんな生き物なんだ？」

野生にいるなら――などと想定はしてみたが、改めて考えてみると、あまりにも野性的とはいえない生態だ。

「どっかで開発された生物兵器とかってのはどうだ？　相手を殲滅するまで再生と成長を繰り返す――とかかな」

それがどこからか逃げ出してきたか――もっとも、それすらもバッカスの推測にも満たない妄想であり、答えではない。

「妄想にしては悪くないな」

「自分でもそう思うぜ」

なんであれ、これで怪しいバルーンの件は、一応の解決と言えるだろう。

「とはいえ、何も分からなかったがな」

「退治できただけよしとするべきだろう？」

「違いない」

このバルーンに似た魔獣が何だったのか、結局正体は分からずじまいだ。

「正体が何であれ――ライルと、領主への報告は必要……か」

地球人の視点でも、スカーバ人の視点でも、正体不明な存在というのは当然のようにある。

それが何であるか分からずとも、存在している以上は付き合い方を考えていかねばならないのは、どちらの世界であっても変わらない。

そしてそれを考えるのは、少なくともバッカスの仕事ではない。

「疲れた。今日はもう何もしたくねぇ……。ライルのところに顔を出したら、酒場だ。うまい酒とうまいメシを浴びたい……」

「ゾンビの報告もある。そうそう簡単に帰れないかもしれないぞ」

「……そうだった」

魔獣本体と、砕けて血塗れの破片となった身体の一部をサンプルとして採取し終えると、バッカスは残った破片を魔術で火葬する。

「さて、ガキどもはちゃんと帰れたのかね」

「無事だと思いたいわねぇ……」

疲れた調子でうなずき合うと、バッカスとクリスは帰路へとつくのだった。

一人前のひよっこに、乾杯

日が暮れた頃。

ギルドマスターの執務室。

「バルーンモドキの件は助かった。内容的には頭が痛いが、調査結果と退治成功の報告は助かる。だが、それ以上にゾンビが問題だな。モキューロの森を中心に汚染が進んでいると言っても過言じゃなさそうだ」

　戻ってきたバッカスとクリスからの報告を受け、ライルは頭を抱える。

「こっちもライルからの話を聞いて納得した。折れた刀身は本物の剣じゃないんだな。恐らくモキューロの森のどこかに、原因となった魔剣か何かが転がってる可能性がある」

「あの森から原因となる武器や魔導具を探すなんて、かなり難しいわよ」

　バッカスの言葉に、クリスは顔をひきつらせる。

　それはライルも同感だった。

　回収の必要はあるが、森の中から一本の魔剣を探すことは骨が折れるどころではない。

「とりあえず回収した刀身はしばらく預るぜ。ちょいと調べとくわ」

「頼んだ。正直、どう扱って良いのかも分からなかったしな。ストレイの手も持ってくか？」

「そうだな。義手作るためのサンプルも必要だしよ。後日、連中に俺の工房に来るように言っといてくれ」

「わかった」

「格安で引き受けるが、赤字分の補填はおまえに頼るからなぁ、ライル」

「……ぐ、分かったよ」

　一瞬うめくものの、バッカスに負担を掛けるのは事実なので、ライルは言葉を飲み込みうなずいた。

「そうだ。バッカス、クリス。話は変わるんだが、嬢ちゃんたち……恐らくは新人病を発症するぞ」

「だろうな。ゾンビを見た上に手を切り落としたとあっちゃ、そうもなる」

「何でも屋《ショルディナー》だろうと騎士だろうと、盗賊やら海賊やらの犯罪者と事を構えるコトになるんだから、いずれは遅かれ早かれってところはあるけど」

クリスの言うことももっともだ。

だが、敢えてバッカスは皮肉げに笑ってみせた。

「ミーティは職人希望だぞ。何でも屋《ショルディナー》なんて片手間なんだから、本来新人病とは縁がないんじゃないのか？」

「そうでもないわよ」

だが、クリスは即座に否定して見せる。

「ミーティちゃんは、貴方に憧れているもの。必要な素材は自分の足で集めてくる——そんな職人を目指しているんだとしたら、やっぱりいずれは通る道でしょ？」

「まぁ……そうか。そこを目指しているってんなら、そうだな。だとしたらミーティも大変だよな。戦闘新人病だけでなく、職人新人病もいずれ直面するかもだしな」

「なんだ？　職人にもあるのか？」

話を聞いてたライルが不思議そうに訊ねる。

クリスも興味がありそうだ。

「まぁ戦闘新人病と比べると、直面する機会は少ないがあるにはあるぞ」

そう前置いて、バッカスは口にする。

「ようするに自分の道具が意図とは違う使われ方をした場面に直面するコトだな。最悪、それが人殺しだの窃盗だのに使われている時、純粋すぎる職人ってのは、一時的にモノが作れなくなる」

「それって武器職人もなるの？」

「なるぞ。というか、武器職人に多い。作った道具を騎士や何でも屋《ショルディナー》、傭兵たちが無辜《むこ》の民を守る為に振るってくれるって信じている新人は多いからな」

「なるほど、純粋だわ」

武器なんてものはとどのつまりは人殺しの道具だ。

無辜の民を守る為に振るわれるかもしれないが、その対象が犯罪者であったり敵国の兵士だったりするのが常である。

相手の属性や所属が何であれ、人を傷つける為の道具であることには変わりない。

「武器作っている時点で気づけ——というのは酷なのか？」

ライルの問いにバッカスは肩をすくめた。

「意識と現実の隔たりってのは結構デカいのさ。人殺しの道具を作っているって自覚はあっても、実際それで人が殺されているところを見ると強い衝撃があるってワケだ」

どちらの新人病であれ、直面してしまったならば乗り越えるしかない。

こればかりは、助言や簡単なケアを出来ても、真に先へ進むとなると、本人が越えていくしかないのだ。

「まぁそれとなく様子は見るさ。クリスも頼む」

「ええ。いいわよ」

それで今日はお開きだ。

「さて、俺は帰るぜライル。今日はもう疲れたしな。何かあれば声を掛けてくれて構わないが、ギルドと何でも屋《ショルディナー》に出来ることは、出来るだけ自分らでやってくれ」

「分かってる。二人とも情報収集、助かった」

頭を下げるライルに、クリスが笑う。

「どういたしまして。ライルさんは、何でも屋《ショルディナー》としては新人の私に、わざわざ少し上の階級証を用意してくれたんだもの。そのお礼くらいは果たさないとって思っているだけだから」

ライルに笑い掛けるクリスを見て、バッカスは思わず言葉をもらす。

「不正か？」

「してねーよッ！　最初からある程度の知識や実力のある奴の場合、少し高めの階級から始めさせるコトが出来るって規定があるんだよッ！」

「知ってるよ。からかってるだけだ」

いつも以上に皮肉っぽい笑顔を浮かべ、バッカスも立ち上がる。

立ち上がった二人を見ながら、ライルは改めて頭を下げた。

「二人とも改めてありがとうな。かなり助かったよ」

「おう。んじゃ、またな」

「ふふ、失礼しますね」

そうして二人が部屋を出ていってから、ライルは盛大に頭をかきむしりって、それから気合いを入れ直す。

「さて、嫌な忙しさが続きそうだな」

だがそれでも文句は言っていられない。

必要なことを解消したり用意したりする為に、ライルは机に向かうのだった。

翌日の午後――
バッカスは魔術学校の校門の前で、時間が過ぎるのを待っていた。

そして、目的の二人を見かけて声を掛ける。

「よ！　お二人さん。酷い顔してやがんな」

「バッカス……」

「バッカスさん……」

ルナサとミーティの授業の予定を事前に確認していたバッカスは、この二人を校門の前で待ちかまえていたのだ。

今日は二人セットで下校するだろうことも、想定済みである。

「どーせ、昼メシもロクに喉を通らなかったんだろ？」

二人がうなずくのを見て、バッカスは仕方なさげに笑った。

「動く気力あるなら、少しウチに寄っていけよ。ギルドに行くのはその後でも遅くないぜ」

バッカスの誘いに二人は顔を見合わせる。

恐らくは真っ直ぐに家に帰るか、ギルドに向かうかするつもりだったのだろう。

「食べやすそうなモン何か出してやるから、寄っていきな」

変に二人きりにさせると、新人病を拗《こじ》らせかねないと判断して、やや強引な誘い方をする。

すると、再び顔を見合わせた二人がそれぞれに告げた。

「バッカスさんじゃなかったら不審者のセリフですよね」

「顔が青い割には辛辣じゃねーか、ミーティ」

「端から見ると体調悪そうな女の子狙ってる悪人なのは間違いないわ」

「お前も辛辣か、ルナサ」

「バッカスさんって少し悪人顔してるしね」

「そうね。誤認逮捕者常連リストの上の方にいそうな顔よね」

「そこまで悪人面か俺？」

なにやらボロクソに言ってくる二人に、バッカスはしまいには泣くぞと顔をひきつらせる。

そんなバッカスを見ながら、何てことのない軽口を叩いたことで、いくらかマシになった顔に笑顔を浮かべた二人が頭を下げた。

「お言葉に甘えさせてください」

「わざわざ誘うってコトは、何か理由があるのよね」

「ま、ガキのメンタルケアってやつは、大人の責任みたいなモンだよ。ましてや、顔見知りのガキどもとなりゃ、なおさらだ」

いつものような皮肉っぽい笑顔。

だけど、今の二人には、不思議と安堵を覚える笑みだった。


そうしてバッカスはルナサとミーティの二人を連れて帰ってくる。

居住区へ向かう為、工房の脇にある、狭くて段差のある階段を上っていく。

そしてのぼりきった時――

「待ってたわよ、バッカス！」

「いやお前は別に呼んでねぇんだけど？」

――なぜか玄関の前で、仁王立ちしたクリスが待ちかまえていた。

「どうせバッカスのコトだから学校までルナサちゃんとミーティちゃんの様子を見に行くだろうなっていう確信はあったの」

「そうかよ」

「二人の精神状況や体調を考えると絶対に自宅へ連れ込むだろうなっていうコトも想定済み！」

「言い方」

「となれば料理！」

「思考の飛躍がひどいな」

「となれば美味しいオカユを頂ける絶好の機会！」

「地味に発想がゲスいぞ」

「二人のコトは心配だけどまぁ新人病だし？」

「そこは言わんとしてるコトを分からんでもない」

クリスが新人病をあまり問題視していないのは、元騎士だからというのが大きいだろう。

彼女からしてみると、新人病なんてものはいずれて患うものであり、退くも進むも、自ら向き合って結論を出すしかないものなのだ。

新人病を患わぬ者は騎士にあらず。

乗り越えて騎士になるのも、心折れてそれでも騎士であろうと裏方に回るのも、あるいは騎士を辞めるのも、全ては本人の選択次第。

真に褒めるなり慰めるなりするべき時は、結果がどうあれ結論へとたどり着いた時である。

……というのが、この国の騎士たち大半の考え方だ。

もっともルナサとミーティは、騎士や傭兵を目指しているワケではない。ましてや不意遭遇気味に新人病を患ってしまったが故に、クリスとしても多少は気にしているようだが。

これが、騎士や傭兵、何でも屋《ショルディナー》を本業としている新人であったなら、どんな事情があれど気にするだけ無駄と言い放っていた可能性はゼロではない。

そこはバッカスも近い考えだ。

二人がその類の仕事を将来の夢としていたのなら、メンタルケアの仕方をもう少し厳しいモノにしたかもしれない。

まぁこの理論でいくと職人を目指しているミーティはともかく、魔術士を目指しているっぽいルナサの方は気にかけて良いのか怪しい気もするが……。

とはいえバッカスとしてもクリスとしても、今回は二人セット扱いなのは間違いない。

細かいことは気にしすぎたら負けである。

「そんなワケで、二人に便乗して美味しいお米料理を食べにきたの」

「堂々と胸張って言うコトか？」

「こういう時って変に気を使われた方がシンドくない？」

ねぇ？　と片目を瞑って、バッカスの背後にいる二人に訊ねるクリス。

二人は少し戸惑いながらも、だけどこの行動と言動こそがクリスなりの気遣いなのだろうと考えて、正直にうなずいた。

「ダメ？」

両手を合わせて上目遣い。トドメにチロリと舌を出し、全力で甘えるように訊ねてくるクリスに、バッカスは思い切り顔をしかめた。

あざとく、可愛らしい仕草だが、クリスがやるような仕草に思えない。

「どこで覚えてくるんだそういうの？」

「何でも屋《ショルディナー》やってると、女性同業者はまだまだ貴重だからってみんな良くしてくれるのよ。その時に色々と教えてもらってるわ」

「そうかよ」

何だかバッカスは疲れてきて、小さく嘆息する。

クリスに余計なことを教え込んだ奴らはあとで殴っておこう。

自称正当派美人の弓使い辺りは間違いなく主犯格だ。

「とりあえず入ってくれ。一応、クリスが来る可能性も考えてたからな、下拵《したごしら》えは多めにしてある」

「やった！　そうこなくっちゃ！」

「二人も、俺だけよりもクリスがいた方が気が楽だろうしな」

そう言ってから、バッカスは二人に気づかれぬようにクリスに視線を向ける。

その視線の意味に気づいたクリスも、二人に気づかれないように小さくうなずき舌を出す。

道化ともワガママとも言えるクリスの今回の行動も、結局は二人の為だったというだけだ。

お粥が食べたいというのは、かなり本心でもあるだろうが……。

（まったく、クリスのやつもだいぶお節介だな……）

胸中でそう独りごち、無自覚にブーメランを投げながら、バッカスは自宅の玄関の鍵を開けるのだった。


バッカスはテーブルの真ん中に大きめな土鍋を置く。

この土鍋は、バッカスがアマク・ナヒウスから取り寄せた一品だ。

炊飯器が存在しないこの世界で、ご飯やお粥を炊くなら、土鍋が良い。

その土鍋の蓋を開くと、湯気とともに良い香りが立ち上る。

「この香り……柔らかい出汁《フオン》の香りと、お米《エシル》の甘い匂いが混ざったこの香気、ほんと良いわよね！」

「クリスはほんと米が好きだな」

前のめりになっているクリスを笑いながら、バッカスはレードルを手に取った。

「お米とオロロテ芋のお粥だ。楽しんでくれ」

バッカスは器に軽くお粥をよそって、ルナサとミーティの前に置く。クリスにはレードル大盛りにしたのを三杯ほど入れた。

オロロテ芋は前世で言うところの自然薯や長芋のようなネバリがある芋だ。

それをお米と同じくらいのサイズの角切りにして、一緒に煮込んだのがこのお粥である。

「スープ……？」

「にしてはトロっとしてるけど……」

ルナサとミーティは、何か粒々したモノが入った白濁したスープにしか見えないだろうそれに首を傾げる。

「二人はお米料理は初めて？　これはね。お米っていう穀物を、スープでトロトロになるまで煮込んだオカユっていう料理なの。優しくて元気の出る味がするのよ」

ニコニコソワソワしながら説明してくれるクリスの様子から、二人はクリスさんはこれが大好きなんだな……と二人は漠然と気づいたようだった。

そのクリスは、ソワソワした様子のままバッカスに訊ねる。

「ねぇ、バッカス。これには薬味はないの？」

「もちろん、あるぞ」

クリスの問いにうなずくと、バッカスはキッチンから小皿を持ってきて説明する。

「まずは、味付けした長ネギ《ネーグル・ノイノー》だな。ネーグル・ノイノーはそのままだと、少し辛いんで軽く熱した後に細かく刻み、アモーグ油っていう、アマク・ナヒウスで使われている独特の風味がする油で和え、塩とニンニク《チルラーガ》で味を調えた」

薄茶色の油で和えられた、輪切りにされた白い野菜を指しそう説明する。

ちなみに、アモーグ油の風味は完全にごま油だ。

アモーグの実も、サイズこそ大きいが味は完全にゴマである。乾燥させてから粉砕したものが調味料として売られている。

以前、クリスに出した卵粥の薬味として出した黒い粒はこれである。

「次にこっちが、辛子《からし》薬菜《ヤクナ》と俺が呼んでいるものだ。傷薬などにも使われている薬草――ルオナ草を調味液につけ込んで作った」

バッカスが辛子高菜を目指して作ったモノだ。だが、似てはいるものの、高菜として食べるとどうにも違和感のある仕上がりになった。

辛子高菜ではなく、辛子薬菜という別物であると思って食べればこれはこれで美味しい。

食感は高菜だが、風味としてはザーサイに近いかもしれない。

「最後に、麦紙《ミルツラパープ》を油で揚げたモノ。俺は、ニーダングにある似たような料理を意識して揚げワンタンと呼んでいる」

麦紙《ミルツラパープ》と呼ばれているが、別に本物の紙《ラパープ》ではない。

小麦を水やミルクで溶き、薄く伸ばして焼いた前世でいうクレープ生地のようなモノがそう呼ばれている。

バッカスはそれを作る際に、小麦をミルクではなく酒と出汁《フォン》を加えて練った。水分量を減らしたそれで餃子の皮のような生地を作ったのだ。

あとは、その生地を薄くのばし、焼かずに油で揚げてから砕いて作ったのがこれである。

目を輝かせながら話を聞いているクリスを横目に見つつ、バッカスは小さく苦笑してからルナサとミーティを見た。

「まずは一口二口、ふつうに食べてみてくれ。それから、これら薬味を少量乗せ、好みの味付けにしながら食べていくんだ。無理して食う必要はない。残してもいいから、まずは一口食べてみてくれ」

困ったように固まっていた二人は、バッカスのその言葉に小さくうなずく。

そしてバッカスとクリスが食の子神に祈り始めたのを見て、ルナサとミーティも慌てて、自分らの祈りも合わせた。

「いただきます」

クリスはバッカスに言われたことを思いだし、スプーンで少量すくって口に運ぶ。

「あ」

ルナサは思わず、小さな声を漏らした。

柔らかな口あたり。優しい塩気と、穏やかな甘み。

とろとろになったお米が、舌の上を流れて、溶けながらするすると喉の奥へと落ちていくよう。

最後には胃に落ちて、お腹の中からゆっくりと全身を暖めてくれているかのような錯覚を覚える。

学校でお昼を食べた時は、何を口にしても胃が受け付けてくれなかった。まるで胃の前の門番が、流れ込んできた食べ物を追い返すように。

だけど、このお粥は門番を素通りして、ルナサのお腹を満たしてくれる。

「美味しい」

ミーティも小さく呟き、二口目を口に運んでいる。

きっと、同じようなことを感じていることだろう。

ルナサも二口目を口に運ぶ。

ゆっくりと、だけど確実に、気持ちが落ち着いていく。

バッカスとクリスは何も言わない。

もっともバッカスはともかく、クリスは料理に夢中なだけではあるが。

ともあれ、バッカスはゆっくりと、だけど止まることなくスプーンを動かす二人を見守るように眺めていた。

そんなバッカスの眼差しに気付かないまま、ルナサはスプーンを動かし続ける。

時折、お米とは異なる滑らかな粘りと風味を感じる。

これがオロロテ芋なのだろう。食感のアクセントとは異なる、強いていえば風味のアクセント。

だけど、主張はあまりすることなく、気付かないならそれで良いという程度の控えめな主張。

だけどだからこそ、胃が拒絶することなく、受け入れてくれているのかもしれない。

気がつけば、あっという間に食べきっていた。

だけど、物足りない。

だからルナサは、少し遠慮がちにその器をバッカスに差し出した。

「おかわり、いいかな?」

「あたしもいいですか?」

どうやら、ミーティもおかわりしたいようである。

「もちろん」

バッカスがうなずくと――

「私もお願いするわッ！」

元気良く遠慮のないクリスの声もそこに続くのだった。

クリス、ルナサ、ミーティがおかわりに薬味を乗せて楽しみ出したのを見ながら、バッカスは自分用に用意しておいたタレを掛けて食べ始める。

（お。一気に和風感出る味になったな。これは成功だ）

独特の塩気と風味が、粥の味を引き締める。

同時に、米とオロロテ芋の甘みを強く引き出し、味の風格を一段引き上げてもくれる。

（作り方はメモしたし、今後うちの食卓の彩りに加えられるな、このタレは）

醤油にかなり近い味の魚醤を見つけたのだが、独特の臭いがかなりキツかった。

だが、その風味を残しつつ臭みだけを可能な限り消すべく試行錯誤した結果完成したのが、このタレだ。

風味と香りが飛ばないよう注意して火に掛けつつ、日本酒に近い酒を少しずつ加えて理想の味に整えたのである。

もちろん一発で成功したワケではない。

求める味にするまでに、決して安くない魚醤を何本も消費してしまった。

だがその甲斐あって、限りなく醤油に近く、魚の旨味をふんだんに含んだ絶品タレとなってくれた。

かなりの数の失敗をしたが、ようやく完成したこれは、今回のお粥に軽く垂らすだけで、最高の味に仕上げてくれる。

「バッカス、それはなに？」

そんなタレをこっそり楽しんでいたのだが、目敏《めざと》いクリスに見つかってしまった。

「手製のタレだよ。味が濃く、独特の味と香りがするから好みが分かれる」

「試したいわ」

「……わかったよ」

観念したように、バッカスはクリスへと小瓶を差し出す。

「まずは一、二滴にだけ垂らして、混ぜずに食べて味を試せ。原価がクッソ高いから口に合わないのに、量を使われても勿体な……って、おういッ！」

数滴掛けて食べるなり、小瓶から一気に振りかけるクリスに、バッカスは思わず声を上げる。

「美味しかったから、適量かけただけよ？」

「そうかよ……」

気に入ってくれたのなら、まぁいいか……と思いつつ、ルナサとミーティを見遣《みや》る。

二人も興味をもってこちらを見ていた。

クリスは二人にも渡そうとするが、バッカスはそれを制す。

「今日はやめとけ二人とも。このタレに含まれる僅かな生臭さは、今の二人にとっては劇物になりかねないからな」

不満そうだが、ここで吐かれても困るのだ。

「私は気にならないけど、生臭さあるの？」

「元々結構な臭みがある調味料を使ってるからな。その臭みを可能な限り消してあるが、まだ僅かに残ってはいるんだ。普段は気にならなくても、今の二人はそれだけでもキツい可能性がある」

ストレイの腕を切り落としたのだ。

その時は感じなかったかもしれないが、記憶には残っている可能性がある。

この生臭さで、その時の押し殺していた感情などが膨らみかねない。

「そういうコトなら二人はやめといた方がいいわね。別にいじわるしてるワケじゃないのよ？　わりと真面目な話なの」

大真面目にそう言うバッカスとクリスに、ルナサとミーティは少しばかり未練がましさを残しつつ、うなずいた。

「仕方ねぇなぁ」

――とはいえ、そんな二人を見ていると申し訳なさも感じるので、バッカスはぼやきながら席を立つ。

「そっちのタレは無理だが、ちょいと別のモンを持ってくる」

「私にもお願いできる？」

「クリス……お前、日に日に図々しさが増してないか？　それに、そんなに喰って平気なのか？」

「むしろ最近、家で食べるご飯がまったく足りないのよ」

「鍛錬再開したんだろ？　それを含めて料理長と相談したらどうだ？」

「そうしてみるわ」

恐らく料理長のクリスに対する認識が、弱った姿で領主邸にやってきた療養中の御令嬢のままなのだろう。

それだと、元騎士であり、騎士としてのカンを取り戻しつつ現役の何でも屋《ショルディナー》として働き出した彼女の胃袋には、少々物足りないのは確実だ。

そんなやりとりをしてから、バッカスが持ってきたのは――


「ダエルブ？」

「ああ。油で揚げて作った揚げダエルブだ」

「どうやって楽しめばいいの？」

「好きに楽しめばいいんだが……オススメは辛子薬菜とお粥を乗せて一緒に食べる奴だな」

「わかったわ！」

目を輝かせながら実践し始めるクリスを横目に、バッカスはルナサとミーティへと視線を向けた。

「二人はまず、揚げダエルブを胃が受け付けてくれるか確かめてからだな。小さくちぎって食べてみろ。いけそうなら好きに楽しめ。無理そうなら言ってくれ。ここに腹ぺこ騎士様がいるからな」

「はい」

「うん」

素直にうなずき、二人は言われた通り小さくちぎって一口食べた。

それをゆっくりと咀嚼して、飲み込む。

「大丈夫そう、かも」

「大丈夫そうです」

「うし。なら好きに食べるといい。無理はすんなよ」

「はーい」

「わかってるわ」

言いながら、二人もクリスのマネをして、お粥と辛子薬菜を揚げダエルブに乗せて頬張っている。

その様子から十分に楽しんで貰えているようで、バッカスは小さく安堵した。

そして、そんな年下二人の様子を、ちょっと羨ましそうに見ている騎士が一人。

「お前はもう喰っただろ」

「ええ。この揚げダエルブ――辛子薬菜もいいけど、このタレと組み合わせたお粥と合わせても最高だったわ」

「そりゃ何より」

「……でも足りないの」

「欠食児童でももうちょい遠慮するぞ」

そう言いながら、バッカスは自分の揚げダエルブを半分に割って、クリスに差し出した。

「いいの？」

「ランチは別に食ってたからな。俺にとっちゃおやつ代わりだ。食いっぱぐれても問題ねぇよ」

「ありがとう！」

そうして食べ始めるクリスを見ながら、バッカスは僅かに目を細める。

元々女性にしてはかなり食べる方だとは思っていたが、どうにも今日の様子は異常に感じる。

どれだけ自由奔放に振る舞っても、根幹は貴族教育を受けた淑女だ。

ある一線に対するブレーキはしっかりと備わっている。

だが、今日の様子を見るとそのブレーキが効いていないように思えた。

（何らかの衝動に対する代替行為のようにも見えるが……）

クリスの抱えているトラウマは恐らく完全には解消されていない。

そこから生じる何らかの衝動を発散できず、食欲に転化している可能性があるが、確証はない。

（ある意味で呪いだよな……ったく。あっちもこっちも面倒そうなコトばっかり起きてやがる）

とはいえ、今のクリスの様子を見る限り食欲以外は問題なさそうだ。

(本格的にドルトンドのおっさんに探り入れるかね。まぁ親同士ですでにやり合ってるコトだとは思うが)

なんであれ、今日はルナサとミーティの二人だ。

まぁその二人も、食事をしている様子を見る限り、ある程度は復調しているようにも思えるが――

「ま、三人とも美味そうに喰ってくれて何よりだわな」

ゆっくりと食べ進める学生二人と、優雅に上品にハイペースで食べ進める元騎士様を見ながら、バッカスは誰にも聞こえない声でそう呟いた。


そうして――バッカスが三人に対して気を使った、遅い時間の昼食会は無事に終了した。

「うん。ルナサちゃんもミーティちゃんも顔色良くなったわね」

「あとは、ギルドに顔を出した後、ゆっくり寝るだけだな」

それでも完全に回復することはないだろう。

だが、今日に比べたらだいぶマシになるはずだ。

「ギルドに行く前に私やバッカスに話したいコトがあったらしていいわよ。変な話でも、グチでも、恋バナでもね?」

「そうだな。雑談レベルでも吐き出したいネタがあったら吐いておけ。変に抱え込んで新人病が長引くよりかはマシだ」

精神的に落ち込んだ状態だと、些細なことでも重石となって心を苛むことがある。

食事をして、多少気持ちが前向きになったタイミングで、そういうものを吐き出しておくのは悪いことではない。

「えっと、その……じゃあ、あたしから、いい？」

おずおずと、ルナサが手を挙げる。

それに、バッカスとクリスがうなずくのを見てから、ルナサはゆっくりと語り始めた。

「今日の授業——魔術の実践だったの。だけど、術式を組立ようとすると、気持ち悪くなって集中できなくて」

「典型的な新人病だな。それで、授業はどうしたんだ？」

相づちをうつバッカスに、ルナサは返事をしつつ話を続ける。

「うん。最後まで受けた。途中で吐いちゃったんだけど、だけどそれでも——ちゃんと的に向かって魔術を撃って、課題達成はした」

おお——と、バッカスとクリスは内心で拍手を送る。

新人病を患い、吐き気を伴いながらも一歩踏み出して、授業を乗り切るなんていうのはなかなか出来るものではない。

だが手放しに褒める前に、クリスは訊ねる。

「なんでそんな無茶をしたの？」

「……魔術を使おうとした時、ストレイさんの手を切った時のコトを思い出して怖くなったのは確かだけど……でも、同じくらいあの時にストレイさんの手を切らなかったらどうなってたんだろうって、思って。実際、ストレイさんからは良くやったって褒めてもらったワケだし……。何より、あの時——自分が魔術を使うのをためらってたら……って考えた時に思ったの。そうしたら、現実はあたしの都合なんてお構いなしなんだよな——って、そう思って……そうしたら、気持ち悪いとか辛いとか言ってられないよな、て。だから、吐いてでも這ってでも、ちゃんと合格して乗り切ってやる……って、そう考えたら、的に向かって魔術を撃てた」

ルナサの話に、バッカスとクリスは安堵しながら微笑む。

恐らくルナサはもう大丈夫だろう。

すでに、一人前の魔術士としての自覚と覚悟が生まれている。

「実は先生にも同じコトを訊かれて……だから同じように答えたら、微妙な顔をされました」

「あら、どうして？」

「元傭兵として、一人前にようこそ――という気持ちと、教師として生徒が無茶をするのを注意しなきゃいけないコトが、せめぎあった結果の表情らしいです」

「そりゃあ仕方ないな」

「そうね。私でも同じ顔をしそうだわ」

バッカスとクリスは思わず苦笑する。

それは、その教師も大変悩んだことだろう。

「でも、先生――急に魔術が使えなくなったあたしを馬鹿にしたように笑う奴らを怒鳴ったんです。普段は出さないようなすごい怖い声で。命の関わる戦場《いくさば》を知らないハンチク共が、命の関わる戦場を知り、その恐怖で足を止めた一人前を笑うなって」

「良い先生じゃない」

「……はい」

噛みしめるように、ルナサがうなずく。

その横を見ればミーティも、ソワソワした様子を見せている。

だから、バッカスは訊ねた。

「ミーティも、何かあるか？」

「えっと、はい……わたしも学校の話なんですけど……」

バッカスが水を向けると、ミーティもぽつぽつと話し出す。

「魔獣の解体の授業で、今日は吐いちゃったんです。今まで吐いたコトなかったし、前にも一度解体はしてたんですけど……」

「その後、授業はどうしたんだ？」

「続けました。ルナサじゃないですけど、やっぱり似たようなコト思ったんです。差し迫った状況だと、一分一秒も惜しいワケで……実際、ストレイさんの腕の切断面――それを見るのが怖いからってためらってたら、助けられなかったかもですから……。必要な魔導具を必要な時に作成する――言葉にすれば簡単ですけど、それが差し迫った状況の場合、体調は言い訳に出来ないな、って」

「間違っちゃいないが、マジで時間との勝負でもない限り、体調悪い時は休めよ。無理をしたってロクなコトにならんぞ」

思わずバッカスが口を挟むと、横でクリスが苦笑する。

「実感こもってるわね」

「五日くらい徹夜して魔導具造ってたら、刻んだ術式がめっちゃ歪んでてヤバいコトになった記憶があるからな」

「時間との勝負が差し迫ってないなら寝なさいよ」

「ここ最近はしてないから大丈夫だ」

あの時は、途中から寝てるのか起きているのか分からなかった――とバッカスはうめく。

そんなバッカスの様子を困ったように見ているミーティに、クリスは気づき、先を促す。

「ゴメンね、ミーティちゃん。続けていいわよ」

「あ、はい」

素直にミーティはうなずくと、ゆっくりと続きを話し出す。

「そして何とか解体を終えると、その素材で課題の魔導具を作り上げました。先生からは何度も体調を心配されたんですけど、やらせてください――って押し通して。提出した課題を見た先生は、戦士新人病を患いながらちゃんと課題をこなせるなら、職人新人病を患っても大丈夫そうだな……って、言われました」

「魔導技師の先生も新人病に理解があったのね」

「あそこの教師は、元何でも屋《ショルディナー》や傭兵、職人が多いからな」

その後の授業も、二人は気合いで乗り切ったらしい。

本気で体調を心配してくる教師もいれば、新人病というものを理解せずに馬鹿にしてくる教師もいたそうだが、二人は今日の授業の全てをちゃんと受け、課題も達成してきたらしい。

「ま、がんばった方じゃねぇの？」

「そうね。よくがんばったわね。新人病に罹《かか》った人みんなが出来るコトじゃないわ。私からも、ちゃんと褒めてくれた先生たちと同じ言葉を贈るわ」

クリスは椅子から立ち上がると、二人を背後から抱きしめる。

「ありがとう、クリスさん」

「ありがとうございます」

二人が、抱きしめられながらお礼を口にする。

それと同時に、ポロリポロリと、二人の眦から雫が垂れはじめた。

「あ、れ？」

「う、う……？」

恐らく気合いと根性と強い意志で封じ込めていた様々な感情が、食事をし、言葉にして吐き出したことで緩んだのだろう。

そこへ、クリスに優しく抱きしめられたことで、決壊しかかっている。

「よくがんばりました。もう泣いていいわよ」

そして、ダメ押しのようなクリスの言葉で、二人の涙腺は崩壊する。

「ああああああ――……っ!!」

「うあああああ――……ん!!」

大声を上げてクリスに抱きつく二人を見ながら、バッカスは音を立てずに席を立つと、静かにテーブルの片づけを始めるのだった。


泣きやんだ二人は、クリスと共に何でも屋《ショルディナーズ》ギルドへと向かっていった。

バッカスも誘われたのだが、面倒くさいので断った。クリスがいるなら大丈夫だろう。

「……一本くらい開けるか」

まだ日は落ちきっていないが、早い時間に飲む酒も悪くない。

バッカスは冷蔵庫から冷やしたミルツエールの瓶と、冷やしたグラスをを取り出した。

黄金色の液体を、グラスに注ぎ、手にとる。

「一人前のひよっこになったガキどもが、無事一人前として羽ばたけるコトを祈って……ってな」

一人でグラスを掲げて乾杯し、それを一気に呷る。

「あー……うめぇ……」

恍惚とした息を吐き、余韻に浸りながら二杯目を注ぐ。

「バルーンだのゾンビだの問題は山積みだが……ま、最後にこうやって美味い酒を飲めるようなら、多少の苦労も悪くないさ」

バッカスはそう独りごちながら、二杯目もすぐに飲み干した。

結局のところ——乾杯の内容関係なく、ただ飲みたかっただけのバッカスは、その日は寝るまで一人で飲んで、ミルツエールの瓶を何本も空にするのだった。

《了》

あとがき

初めまして――あるいはお久しぶりの方もいるでしょうか。北乃ゆうひです。本書、魔剣技師バッカスをお手にとって頂きありがとうございます。お読み頂いた皆様が少しでも楽しんでくれたのであれば幸いです。

とはいえ、本作。昨今の異世界ファンタジーモノの世界観構築からやや外れた作りになっているかと思います。入り口はよく見る異世界モノのようで、踏み込んでみると、あれいつもと違うな？となるちょっとクセアリな世界観だと個人的には思っています。それでもさらに読み進めて頂けたならしめたもの。そのまま楽しんで貰えたなら大変嬉しいです。

そんなクセのある世界を彩るイラストを描いてくれたニシカワ先生には足を向けられません。

などと言っているうちにもう紙面が尽きそう!?
ボケたり与太話したり変な語りする暇も無かったッ!?

ならば致し方なし。真面目な語りのまま謝辞に突入するとしましょう。

色々と激励をくれる奥さんに、イラストのニシカワ先生に、担当さん。それから本書に関わって下さった方々に、手にとってお読み頂いた読者の皆様へ――最大級の――感謝《ありがとう》を。では。

【End Roll - Closed】

魔剣技師バッカス 1
〜神剣を目指す転生者は、喰って呑んで造って過ごす〜

発　行
2023年7月14日　初版発行

著　者
北乃ゆうひ

発行人
山崎　篤

発行・発売
株式会社一二三書房
〒101-0003　東京都千代田区一ツ橋2-4-3 光文恒産ビル
03-3265-1881

印　刷
中央精版印刷株式会社

作品の感想、ファンレターをお待ちしております。

〒101-0003　東京都千代田区一ツ橋2-4-3 光文恒産ビル
株式会社一二三書房
北乃ゆうひ 先生／ニシカワエイト 先生

Printed in Japan, ISBN 978-4-89199-995-7 C0093
※本書は小説投稿サイト「小説家になろう」（https://syosetu.com/）に
掲載された作品を加筆修正し書籍化したものです。